STAGIONE DI CACCIA
LO SGUARDO DEL LUPO LIBRO UNO

KATE RUDOLPH

TRADUZIONE DI
GAIA BORDANDINI BALDASSARRI

STAGIONE DI CACCIA

Lupo mutaforma. Guardia del corpo. Compagno.
Owen ha un compito: evitare che Stasia venga rapita. Più facile a dirsi che a farsi, dal momento che la sua cliente ferocemente indipendente prova a licenziarlo non appena si incontrano. I suoi sensi da lupo ululano alla vita e lui è certo di una cosa: Stasia è sua.

Lei è stanca di uomini prepotenti.
Quando il suo facoltoso padre assume una guardia del corpo, Stasia dice di no. Non esattamente una mossa intelligente dopo che qualcuno ha cercato di rapirla in strada. Ma lei non ha bisogno di un babysitter. Soprattutto non di qualcuno che le fa venire il batticuore e fa correre le sue fantasie.

Quando Stasia viene strappata al suo mondo scintillante per entrare in quello di Owen, dovrà fare i conti con una

nuova impossibile realtà: i licantropi esistono. E la sua
guardia del corpo dice di essere il suo compagno.

1

CAPITOLO UNO

Stasia avrebbe voluto maledire la forza del segnale del suo cellulare. Non sentiva suo padre da quasi un anno e ora lui non smetteva di parlare. Non cadeva mai la linea quando ne aveva bisogno?

"Ci sei?" chiese lui per la seconda volta.

Lei lanciò un'occhiata alla vicina entrata della metropolitana e contemplò la possibilità di correre giù per le scale. Probabilmente nemmeno quello avrebbe potuto salvarla. "Sono qui," confermò.

"Allora rispondi quando parlo con te."

Non poteva essere serio. "Mi hai invitato alla festa di compleanno di Riley." Dovette ripeterlo per essere sicura di aver capito. "Sarebbe tua moglie. Che ha dieci anni meno di me." Ormai non era nemmeno più irritante. La moglie precedente aveva solo sei anni più di lei. Poi c'erano state altre quattro donne. A quel punto aveva dimenticato la maggior parte dei loro nomi.

"Non è il compleanno di Riley, è quello di Emmy.

Compie tre anni." Stasia sentì un suono in sottofondo e si chiese quale lavoro suo padre stesse ignorando per rivolgerle quello stupido invito.

"Sono abbastanza certa che la figlia di Riley ne compia quattro." E non voleva toccare la questione del nome. Voleva terminare quella telefonata, senza cominciare a litigare.

Se solo avesse lavorato ancora all'ospedale, quello sarebbe stato il momento perfetto per una chiamata d'emergenza.

"Emmy è tua sorella." Armand Selby era un maniaco dei dettagli... quando gli facevano comodo. Ed Emmy era la sorellastra di Stasia. Una dei suoi *nove* fratellastri.

Ma ciò non significava che volesse mollare tutto per il compleanno di una bambina. "Dovrò controllare la mia agenda. Non so se sarò in città." Sapeva che era stato un errore tornare a New York. Era di gran lunga troppo vicina agli obblighi familiari che avrebbe preferito ignorare.

"Sai bene che puoi organizzarti per usare il jet se il trasporto è un problema." Borbottò qualcosa, e Stasia fu abbastanza certa che sarebbe stata affibbiata ad un assistente per pianificare gli spostamenti. Gli assistenti non erano facili da distrarre come suo padre. Ma almeno non si sentiva combattuta quando mentiva.

"Il problema non è il trasporto." Non aveva intenzione di usare il jet di famiglia. O una delle auto del parco macchine di suo padre. O qualsiasi altra cosa che arrivasse dal grottesco patrimonio familiare, se poteva evitarlo. Disponeva di un'eredità che già odiava toccare, ma *quella* almeno non implicava nessun tipo di legame.

I clacson suonavano lungo la strada e Stasia li udì appena. Facevano parte della vita di tutti i giorni in città. Ma stavolta il suono le giunse come un'ondata, come l'avvertimento di un pericolo imminente. Guardò lungo la strada, chiedendosi se si trattasse di un'ambulanza o di un guidatore un po' eccentrico. Un altro pedone le urtò la spalla e imprecò.

Stasia non si scusò. Quella era New York.

Ma avrebbe dovuto continuare a camminare.

Non si accorse dell'auto che si era fermata, ma una mano le afferrò il braccio e iniziò a trascinarla verso la strada. Il telefono le cadde mentre gridava e si girava, pronta a colpire chiunque la stesse importunando. Il cuore le balzò in gola quando vide una sciarpa intorno al volto dell'uomo e degli occhiali da sole neri a celarne gli occhi. Qualche ciocca di capelli scuri spuntava dal berretto da baseball blu navy, ma non avrebbe potuto identificarlo per salvarsi la vita.

E non avrebbe potuto nemmeno nessuno fra i mille testimoni intorno a loro.

Stavano per assistere al rapimento di una donna in pieno giorno.

Una follia.

Quella non era la prima volta per Stasia. Si impuntò, cercando di arretrare mentre mirava alla gola dell'uomo con la punta dell'osso del gomito. Si mosse abbastanza velocemente da sfuggire alla presa con uno strattone, ma lui indietreggiò e il colpo non andò a segno.

"Aiuto! Chiamate la polizia!" gridò Stasia mentre l'uomo l'afferrava di nuovo. Usò il suo più incisivo tono da pronto soccorso, quello che aveva imparato dalle infermiere veterane che potevano far eseguire un ordine a chiunque. E non si fece prendere dal panico. Il panico può uccidere.

L'uomo aveva una presa salda e iniziò a tirarla verso un'auto scura con i vetri fumé che era apparsa sul bordo del marciapiede. Si chiese confusamente se fosse quello ad aver fatto suonare tutti quei clacson ma non aveva affatto intenzione di soffermarsi su quel particolare.

Si lasciò andare a peso morto contro l'uomo, rifiutandosi di collaborare al proprio rapimento. Quella non era una cosa che aveva imparato al pronto soccorso, era piuttosto una tecnica che una delle sue guardie del corpo le aveva insegnato ad utilizzare quand'era bambina.

Stasia si guardò intorno cercando di farsi un'idea migliore di ciò che stava succedendo, di chi stesse assistendo e di chi stesse cercando di rapirla. Una donna bionda stava ferma in piedi con gli occhi sbarrati e il telefono in mano, riprendendo in video l'intera faccenda.

Il video non sarebbe stato di grande aiuto a Stasia se l'avessero infilata a forza nel bagagliaio di un'auto.

"Tu," gridò, senza poterla indicare ma stabilendo un contatto visivo con la donna, "chiama la polizia! Ora!" Fu l'ultima cosa che riuscì a dire prima che il suo rapitore le mettesse una mano sulla bocca.

Stasia provò a mordergli il palmo ma non ci riuscì. Si lasciò di nuovo andare e trasalì quando la sua caviglia si torse malamente sul duro cemento, cosa che però fece inciampare l'uomo.

"Lasciala andare!" urlò un ragazzo con la maglia dei Knicks, facendosi strada verso di loro. Stasia riuscì a dare un'altra occhiata attorno a sé e vide che la scena aveva attirato una folla di altre persone, cosa non troppo difficile da fare in una strada trafficata di New York.

Allora perché qualcuno stava cercando di prenderla proprio lì?

Se ne sarebbe preoccupata più tardi.

"Lasciala!" Una giovane donna con i capelli di un viola acceso e con indosso un giubbotto di jeans strappato si unì alla mischia. Ci volle solo un minuto perché la scena si trasformasse in un assalto, mentre Stasia veniva separata dal suo aspirante rapitore. Tre o quattro persone lo circondarono, ma lui diede una spallata al ragazzo che indossava la maglia dei Knicks e indietreggiò rapidamente fino a raggiungere la macchina. Una portiera si aprì e lui si tuffò all'interno mentre l'auto si allontanava.

"Tutto a posto?" chiese la ragazza con i capelli viola. Si chinò e porse a Stasia il suo telefono. "È tuo?"

Le braccia di Stasia cominciarono a tremare mentre lei batteva i denti. Lo shock. Lo sapeva, ma la cosa non bastava a calmare i nervi quando ci si trovava proprio nel bel mezzo della situazione. "Sto bene," riuscì a dire con labbra tremanti.

"Non sembra. Cosa voleva quel tizio da te? Non avevo mai visto una cosa del genere." La ragazza rabbrividì.

A Stasia venne da ridere. Sapeva che non era un risposta adeguata, ma solo un altro esempio di malfunzionamento dei neuroni dovuto al trauma. Ma ridere era meglio che piangere. "Io sì." E sapeva esattamente cosa volesse quell'uomo da lei.

Un riscatto.

I soldi di suo padre.

Era sempre lì che si arrivava.

A fronte di tutti i privilegi che derivavano dalla ricchezza, non era sempre sicuro essere la figlia di un miliardario.

Abbassò lo sguardo sul suo telefono e fu sorpresa di constatare che lo schermo non era incrinato. Era veramente un miracolo. C'era una dozzina di notifiche di messaggi di suo padre, che voleva sapere cosa stesse succedendo. Stasia fu tentata di lasciarlo sulle spine. Ma qualcuno nella folla che la circondava avrebbe sicuramente postato un video dell'accaduto sui social media e sarebbe stato meglio che la notizia giungesse da lei stessa. Aprì la sua applicazione di messaggistica. In quel momento non pensava di essere in grado di gestire una conversazione con Armand Selby.

Tentato rapimento. La folla ha respinto l'aggressore. Posteranno sicuramente un video sui social media. Devo parlare con la polizia a breve. Resterò in contatto per limitare i danni.

Ecco. Poteva bastare. E le sue dita non tremavano quasi più. Un istante più tardi il telefono emise il suono di notifica della risposta.

Ti mando un avvocato. Non parlare finché non arriva ad assisterti.

Non rispose al messaggio. Non ce n'era bisogno. Un'altra figlia avrebbe potuto essere infastidita dal fatto che suo padre non le avesse chiesto se stava bene. Un'altra donna avrebbe potuto essere irritata dal fatto che suo padre le avesse ordinato di aspettare l'avvocato come se fosse una bambina. Ma lei aveva imparato da molto tempo che era inutile arrabbiarsi.

La ragazza dai capelli viola mise una mano sulla spalla di Stasia e lei si scostò.

"Scusa," disse la ragazza. "Io sono Vi. Vedo che stanno arrivando due poliziotti. Vuoi che li distragga?"

Stasia guardò Vi con più attenzione. Era giovane, probabilmente sotto i venticinque anni, ma c'era una durezza nei suoi occhi che poteva derivare solo dall'essere stata ferita da persone di cui si fidava. E in quella situazione stava cercando di aiutare una sconosciuta. Emanava un'aura abbastanza minacciosa da far sì che la folla si tenesse a distanza da loro due. Se Stasia fosse stata meno lucida avrebbe potuto pensare che Vi stesse per attaccare. Ma il suo istinto le diceva di fidarsi di lei. "Non ce n'è bisogno. Ho dei rinforzi in arrivo." Sollevò il telefono agitandolo leggermente in direzione della ragazza.

Due agenti in uniforme stavano disperdendo la folla e Stasia si tenne pronta.

"Signora," disse il primo poliziotto. Lui e il suo partner sembravano praticamente uguali e lei non sarebbe mai riuscita a distinguerli. Diede un'occhiata alle targhette e vide che uno si chiamava Smith, e l'altro Jones. Adorabile. "Abbiamo ricevuto una chiamata."

"Qualcuno ha tentato di rapirmi," confermò lei. La sua voce ora era più ferma e le mani non tremavano più. Bene. Ai poliziotti non piacevano le donne piagnucolose. "Vorrete chiamare il vostro sergente prima che cominci il circo mediatico."

"Circo mediatico?" L'agente Jones era perplesso, "Questa è New York, signora. Ora dobbiamo raccogliere la sua deposizione."

"Mi chiamo Stasia Nichols. Mio padre è Armand Selby, il terzo uomo più ricco di New York. E non dirò nient'altro finché il mio avvocato non ci raggiungerà. Ora, vogliamo parlare alla stazione di polizia? O preferite aspettare che arrivino i furgoni della stampa?"

2
CAPITOLO DUE

L'ARIA SEMBRAVA *VERDE*. OWEN GETTÒ LA TESTA ALL'INDIETRO e ululò di gioia e di abbandono nella notte rischiarata dalla luna. Il terreno era morbido sotto le sue zampe, e un po' di fango si infilava spiaccicandosi fra i cuscinetti delle dita. Lo amava, amava la connessione con la terra e con la sua essenza primordiale. Correre così era una libertà che non aveva mai immaginato prima della trasformazione.

Ora non poteva immaginare una vita che ne fosse priva.

Un coro di ululati rispose al suo richiamo e il vento sibilò dietro di lui mentre uno del suo branco lo inseguiva. Owen intravide una pelliccia marrone, ma fu l'odore a tradire la vicinanza del lupo. Andre lo urtò e gli morse la pelliccia prima di riprendere la fuga. Owen lo inseguì. Erano al sicuro in quei boschi. Il proprietario era Gibson e loro avevano chilometri per correre, e correre, e correre ancora attraversando la fitta foresta e sentieri dimenticati.

Dimenticati dagli umani, almeno.

Ma a quel magnifico coro di ululati mancavano due voci. Rowe e Vega erano via per un lavoro e probabilmente stavano correndo da soli da qualche parte che non sarebbe mai stata all'altezza di quei terreni.

Owen emise un piccolo lamento a quel pensiero. Voleva la sua famiglia riunita. Potevano non avere sangue in comune, ma una notte oscura aveva stabilito fra loro un legame, anni prima, e lui era determinato a costruire qualcosa insieme agli uomini e alle donne che si erano trasformati e avevano corso con lui.

Chi altri poteva capire quanto fosse strano essere un licantropo?

Lo era solo da due anni e ancora capiva pochissimo di cosa significasse. Come tutti gli altri. Ma a volte l'impulso di trasformarsi li vinceva e tutti finivano per correre attraversando la notte come le bestie selvagge che vivevano dentro di loro. La muta non era collegata alla luna piena, di questo avevano le prove. Ma non c'erano certamente manuali da cui potessero imparare.

Andre si lasciò sfuggire un latrato di frustrazione e Owen si scosse. Quelli erano pensieri umani per il tempo in cui erano in forma umana. Li abbandonò e si arrese al suo lupo. Gli odori si fecero più intensi e lui *seppe* che una lepre era appena fuori portata, piena di sangue succulento e della frenesia della fuga.

Lui e Andre si lanciarono in corsa insieme e non passò

molto tempo prima che Willa Hunter, Erin Jackson e Gibson si unissero a loro. Una sola lepre non avrebbe mai saziato cinque lupi. Ma non era l'unica preda in quei boschi.

Gibson prese il comando. Il lupo dominante aveva un modo particolare di farlo, e tutti lo seguivano inconsciamente. In forma animale non parlavano, la loro comunicazione si limitava agli sguardi, agli sbuffi e ai latrati. Non ci volle molto perché si disponessero in formazione. L'avevano già fatto prima di allora.

Dimenticata la lepre, colsero l'odore di un cervo e partirono all'inseguimento.

I muscoli di Owen gli dolevano ma se ne dimenticò nell'euforia della caccia. Quello era ciò che il suo corpo era destinato a fare e non avrebbe mai voluto fermarsi.

E poi accadde. Il cervo apparve.

Era iniziata la caccia.

Non prestò più attenzione alla sensazione del terreno sotto le zampe o al profumo degli alberi nell'aria. Tutto il suo essere era concentrato sul cervo e sul pasto abbondante che avrebbero consumato. Owen sapeva che quando si fosse svegliato con due gambe avrebbe potuto avere uno strano sapore in bocca, ma non gli importava. Non si preoccupava del futuro, quando era nella sua forma animale.

Stava andando tutto perfettamente. Erano un branco nato per cacciare insieme.

Andre correva avanti per spingere il cervo sul sentiero giusto mentre gli altri lo tallonavano, pronti a balzare non appena fosse inciampato.

Però qualcosa andò storto. Il cervo avrebbe dovuto

continuare a dirigersi lungo il sentiero. Gli alberi si sarebbero fatti sempre più vicini man mano che procedeva, fino a diventare troppo fitti perché potesse andare oltre. A quel punto sarebbe stato loro.

Ma non andò così.

Il cervo svoltò verso est e in pochi secondi giunse alla strada provinciale che correva sul confine della proprietà. I lupi furono costretti a sbandare fino a fermarsi prima di lasciare la copertura degli alberi. Non potevano rischiare di essere avvistati da un normale umano. Se fossero stati fortunati potevano essere scambiati per coyote. Ma non avevano intenzione di sfidare la sorte.

Owen e gli altri erano delusi. Era difficile non esserlo quando un cervo succulento sfuggiva alla loro presa. Ma la notte non era rovinata. Niente affatto. Corsero, cacciarono e giocarono finché la stanchezza non ebbe la meglio su di loro. Capitava che di notte finissero per ammucchiarsi in una massa di pellicce addormentate e riposassero sotto le stelle. Non quella notte.

Gibson diede l'ordine e tornarono tutti verso la fattoria.

Prima di entrare passando dalla porta del seminterrato, Owen mutò di nuovo tornando in forma umana. Gli altri lo seguirono poco dopo. La sua muta era più veloce della loro, ma non di molto, e fortunatamente non era troppo dolorosa per nessuno di loro. Era come allungare i muscoli poco oltre il punto di comfort e mantenere la posizione per alcuni secondi. Non esattamente una sensazione piacevole, ma ne valeva la pena.

E una volta in piedi, nudo nella pallida luce lunare, i suoi sensi sembravano ovattati. Riusciva a malapena a percepire gli odori e i suoni gli arrivavano tutti mescolati. Ma i colori divennero rapidamente più nitidi mentre i suoi sensi si adattavano alla forma umana. *Quella* era la parte più sgradevole dell'intera muta.

Aprì la porta e si diresse all'interno, raccogliendo l'accappatoio che giaceva sul pavimento dove l'aveva lasciato prima della corsa. Tutti gli altri fecero la stessa cosa. Erano silenziosi. Lo erano sempre quando tornavano umani, come se ci volesse un po' di tempo per ricordare come funzionavano le loro corde vocali e quali parole andassero in quale ordine.

Poi lo stomaco di Owen brontolò.

"Fottuto Chip," mugugnò Erin Jackson. Si strinse nell'accappatoio chiudendolo con la cintura e si pettinò all'indietro i capelli biondi fermandoli in una coda di cavallo con un elastico che sembrò materializzarsi dal nulla. Owen non sapeva come facesse ad avere i capelli così perfettamente lisci e non aveva intenzione di chiederlo. Aveva un tale cipiglio da essere certo che lei stesse per colpirlo.

"Chip ha fame, maggiore," disse Andre Gordon a Gibson, come se il maggiore non potesse sentire lo stomaco di Owen.

Owen tacque e si mise una mano sul ventre come se il gesto servisse a placare l'appetito. Poi il suo stomaco brontolò di nuovo e lui non riuscì a trattenere una risata. "Cosa posso dire? Avevo voglia di carne di cervo!"

Gibson alzò gli occhi al cielo. "Hai ragione da

vendere, cazzo. Hunter, vai su e ordina qualche pizza. Il solito posto dovrebbe essere ancora aperto." Si stava avvicinando la mezzanotte, ma erano ai margini di una città universitaria e molti locali erano aperti fino alle ore piccole.

Willa Hunter era riuscita a infilarsi dei vestiti veri mentre gli altri erano occupati a prendere in giro Owen. Rivolse un cenno di assenso al maggiore prima di correre su per le scale senza dire una parola. Owen provò a richiamare la sua attenzione, ma era già sparita alla vista. Oh, beh. Come minimo sapeva ordinare una pizza.

Andò a cercare i suoi vestiti prima che qualcun altro potesse deriderlo per i brontolii delle sue viscere. Controllò il telefono e non fu sorpreso di non trovare nuovi messaggi. Aveva chiamato sua madre in giornata quindi lei non avrebbe avuto motivo di farsi viva, e se Vega o Rowe si fossero trovati in difficoltà avrebbero chiamato Gibson o Gordon. Owen non era il primo da chiamare per nessuno di loro.

La fattoria era abbastanza grande da permettere a lui e agli altri di riporre i loro vestiti e di muoversi senza calpestarsi a vicenda. Dato che era già mezzanotte probabilmente si sarebbero fermati a dormire lì. Ci voleva più di un'ora di macchina per tornare in città e non sarebbe stata la prima notte che avrebbero passato insieme alla fattoria. Owen sospettava che Gibson provenisse da una famiglia ricca, ma non aveva mai fatto domande. Era abbastanza sicuro che il maggiore potesse ancora incasinargli la vita alla grande anche se erano tutti fuori dall'esercito da due anni. Non aveva intenzione di metterlo alla prova.

La fattoria aveva due grandi camere da letto nel seminterrato e altre due al piano superiore. Il maggiore aveva la principale; nessuno aveva mai fatto obiezioni. Willa ed Erin riuscirono entrambe ad accaparrarsi le loro stanze, quindi Owen e Andre avrebbero dovuto condividere la restante. Non gli importava. Tanto Andre non russava.

Owen prese in considerazione l'idea di farsi una doccia veloce, ma sentiva la pelle ancora fresca e nuova dalla muta, quindi non ce n'era bisogno. Un po' di stanchezza per aver corso a quattro zampe tutta la notte stava cominciando a farsi sentire e aveva voglia di infilarsi a letto, ma Gibson probabilmente avrebbe voluto fare una riunione di aggiornamento.

E Owen voleva la pizza.

Salì al piano superiore e trovò tutti vestiti e seduti intorno alla grande isola della cucina, intenti a divorare la prima di quattro pizze ai funghi e salame piccante. Owen aprì un altro cartone e prese quattro pezzi della seconda pizza. Quella era un'altra cosa che derivava dall'essere licantropi. Dovevano mangiare *tutto il tempo*. I loro corpi bruciavano calorie come se il mondo dovesse finire da un momento all'altro. E Owen mangiò le prime fette così in fretta che ne sentì a malapena il sapore.

"Qualche aggiornamento sul lavoro di Bradley?" chiese Erin. Mangiava la pizza a piccoli morsi e si tamponava le labbra col tovagliolo per pulirsi dall'unto dopo ogni boccone.

Gibson indicò con un cenno della testa il cellulare posato accanto al suo piatto. "Rowe ha mandato un messaggio. Il lavoro si sta concludendo. Saranno a casa tra un paio di giorni."

Un po' di tensione, tensione che Owen non si era reso conto di provare, abbandonò la squadra. Era bello sapere che sarebbero stati di nuovo tutti insieme. "Ci sono stati problemi?" chiese, con la bocca piena di pizza.

Gibson gli lanciò un'occhiataccia e il sorriso di Owen si allargò. "È andato tutto bene. L'ex non si è presentato al matrimonio e la coppia felice è in viaggio per Aruba."

Non era propriamente una notizia epocale e nessuno esultò. "È venuto fuori qualcosa di più interessante che fare da babysitter a una coppia di sposi?" chiese Andre. Era curvo in un angolo e in qualche modo riusciva a essere mezzo nascosto nell'ombra nonostante la cucina fosse ben illuminata. C'era una nota polemica nella sua voce e Owen alzò gli occhi al cielo. Quel ragazzo era tutto un dramma e doveva imparare a rilassarsi. Erano appena stati fuori a correre. Avevano mangiato una pizza. Cosa c'era da lamentarsi?

Due anni prima, dopo che senza tante cerimonie erano stati sbattuti fuori dall'esercito nel tentativo di mantenere il silenzio su quello che era successo loro, Gibson li aveva riuniti con un'idea: protezione. Potevano fornire protezione a chi ne aveva bisogno mentre cercavano di capire cosa significasse essere creature impossibili in un mondo ordinario. La loro squadra di guardie del corpo aveva preso il via diciotto mesi prima, ma stavano ancora cercando di farsi un nome. Ciò implicava accettare piccoli incarichi e ampliare la rete di contatti. A Owen non dispiaceva. Era però abbastanza sicuro che Andre avrebbe preferito buttarsi da un palazzo piuttosto che scambiare cortesie con potenziali clienti.

"Sarai il primo a saperlo," promise Gibson con un tono carico di sarcasmo.

Andre gli lanciò un'occhiataccia dal suo angolo buio.

Proprio mentre Gibson era pronto a infilarsi in bocca un altro pezzo di pizza, il suo telefono squillò. Guardò lo schermo per un momento stringendo gli occhi, poi posò la pizza, prese il telefono e uscì.

Owen lanciò un'occhiata ad Andre, guardò Erin e Willa e poi tutti si voltarono verso Gibson. Era in piedi in veranda e aveva chiuso la porta di vetro scorrevole. Owen desiderava che essere un licantropo lo avesse fornito di un super udito. La sua ricerca, ammesso che guardare *Teen Wolf* potesse considerarsi ricerca, gli aveva suggerito che avrebbe dovuto essere in grado di fare molto più di quello che era possibile a un normale umano. Era un po' più forte, un po' più veloce e i suoi sensi erano un po' più acuti, ma niente di inumano. Niente che permettesse a nessuno di loro di sentire chiaramente quello che il maggiore stava dicendo.

"Sta facendo il misterioso," mormorò Willa.

Owen dovette mordersi il labbro per evitare di parlare. Willa non avrebbe mai rivelato loro nemmeno il giorno del suo compleanno o quale fosse la sua città natale. "Il maggiore ha il permesso di fare una telefonata privata."

"No, si è comportato in modo strano," concordò Erin.

Guardò ognuno dei loro piatti come se stesse contando il numero di fette che avevano mangiato e si allungò verso un altro cartone.

I quattro continuarono a fissare Gibson attraverso il vetro mentre masticavano la loro pizza. Solo quando lui terminò la chiamata si voltarono in fretta per fingere di non aver spiato spudoratamente.

"Siete tutti molto discreti," disse Gibson dopo aver chiuso di nuovo la porta dietro di sé. "Myers, con me." Fece un cenno verso la sua camera da letto in fondo al corridoio.

Owen ebbe la stranissima sensazione di essere chiamato nell'ufficio del preside. Dovette ricordare a se stesso che non era più a scuola o nell'esercito e che nessuno poteva fargli del male.

Certo, come no. Il maggiore poteva rendere la sua vita un inferno, se avesse voluto. Owen cercò di pensare se avesse fatto qualcosa di sbagliato nell'ultima settimana o giù di lì, ma non gli venne in mente niente. E poi si ricordò di avere trentadue dannati anni e che non doveva avere paura di Gibson.

Entrò nella camera da letto del maggiore e si chiuse la porta alle spalle. Erano lontani dagli altri abbastanza da non poter essere uditi, purché avessero parlato a bassa voce, e quella stanza fungeva anche da ufficio per Gibson quando era alla fattoria, quindi non era strano discutere lì.

"Cosa succede?" chiese Owen. Si appoggiò alla porta e incrociò le braccia in modo disinvolto.

Gibson sedette alla piccola scrivania che aveva allestito e aprì il suo portatile. "Era un mio amico dei tempi dell'università. Sua sorella potrebbe essere nei guai e lui vuole una scorta per lei per la prossima settimana mentre la sua famiglia si occupa della questione."

"Si occupa della questione? Parliamo di mafia?" Non avevano un rigido codice morale relativo al tipo di persone per cui lavorare, ma Owen immaginava che dovesse esserci una linea di confine *da qualche parte*.

Gibson sbuffò, con una risatina. "Peggio. Parliamo di soldi. Un sacco di soldi. Hai mai sentito parlare dei Selby?"

"Non direi." Owen conosceva qualche riccone famoso, ma non quelli sfuggenti che evitavano i riflettori.

"Il Selby Group ha le mani in pasta ovunque. Ricchi da generazioni. La figlia non è coinvolta, ma questo è il secondo tentativo di rapimento in tre anni."

"Rapimento? Questi non sono semplici guai." Owen si era aspettato di sentir parlare di un altro lavoretto da babysitter. Le ereditiere erano sempre bisognose di attenzioni.

"AR sembra sicuro che la sicurezza privata della famiglia possa gestire il problema, ma vuole un estraneo a proteggere sua sorella. Pare che la ragazza non apprezzi la scorta privata e lui ha pensato che questa soluzione possa funzionare meglio. Ci andrai tu."

"Solo io?" A Owen non dispiaceva lavorare da solo ma non era così che funzionavano le missioni. Non poteva coprire ventiquattro ore su ventiquattro per sette giorni su sette, con o senza i suoi sensi potenziati da mutaforma. Doveva pur dormire, ogni tanto.

"Per cominciare, sì. Lui vuole convincerla ad accettare una squadra, ma ci andrà piano. Ci sarà un monitoraggio di supporto a distanza, ma tu sarai l'unico tramite con la ragazza."

"Il nostro monitoraggio di supporto o il loro?" A Owen non piaceva l'idea di affrontare quel particolare incarico da solo, e ancora meno l'idea di un supporto non meglio definito. Ma avrebbe eseguito gli ordini del maggiore.

"Il loro." Nemmeno Gibson ne sembrava entusiasta.

Owen non vedeva lo scopo di discutere; Gibson voleva lui per quel lavoro, quindi sarebbe andato. "Quando comincio?"

Il maggiore tornò al suo computer e digitò qualcosa. Un attimo più tardi arrivò una notifica sul telefono di Owen. "Presentati domani mattina presto. Ti ho mandato i dettagli."

"Immagino che stasera tornerò in città." Si mosse. "C'è altro?"

Gibson gli lanciò un'occhiataccia. "Non mandare tutto a puttane."

"Sì, signore."

3

CAPITOLO TRE

OWEN SBADIGLIÒ E STIRÒ IL COLLO DA ENTRAMBI I LATI, soddisfatto nel sentire gli schiocchi e gli scricchiolii dei muscoli e delle ossa che si rilassavano. O di qualsiasi cosa provocasse quei rumori nel collo. Non era sicuro di cosa fossero. Sembravano orribili, ma la sensazione era fantastica. Bevve un sorso del suo gigantesco caffè freddo e immaginò di poter sentire la caffeina iniziare a scorrere nel suo organismo. Aveva chiesto tre dosi aggiuntive di espresso e un sacco di zucchero e panna per compensare l'amaro.

La barista non aveva battuto ciglio. Era certo che avesse visto di molto peggio.

Non sapeva se si trattasse del metabolismo dei licantropi o degli anni di assuefazione, ma ci voleva davvero *molto* caffè per svegliarlo, specialmente dopo una corsa. E il viaggio in macchina verso la città in piena notte era stato fastidioso. Ma era contento di non aver aspettato. Sentiva i clacson delle auto che si muovevano per le strade di Manhattan ed era grato di aver dovuto solo attraversare la città e non l'intero stato.

Normalmente non avrebbe usato la macchina. Quella era New York. Chi aveva una macchina? Ma per il lavoro era una necessità. Era molto più facile tenere qualcuno al sicuro all'interno di un'auto piuttosto che in metropolitana. E Gibson aveva fornito a tutti i componenti della squadra auto appositamente equipaggiate. *Tecnicamente* non erano blindate, ma aveva visto carri armati danneggiarsi più facilmente. La macchina era parcheggiata in un garage a un isolato di distanza. Sfortunatamente, l'edificio dove viveva la cliente non aveva un parcheggio sicuro e nella piccola area scoperta privata non c'era spazio aggiuntivo dove potesse lasciarla. Ma lui poteva affrontare qualsiasi sfida.

Il palazzo era più bello di quanto si aspettasse, ma forse non avrebbe dovuto esserlo. Nessun medico di pronto soccorso avrebbe potuto permettersi di vivere lì. Doveva costare milioni. Ma la persona che aveva l'incarico di proteggere, Stasia Nichols, non era un medico normale. L'edificio prebellico si trovava a pochi isolati di distanza dall'ospedale dove lei aveva lavorato in passato, il che doveva essere stato vantaggioso. La presenza di un portiere era un elemento di sicurezza in più, e significava anche che la dottoressa Nichols era abbastanza intelligente da sapere di poter avere una taglia sulla testa.

O forse le piaceva solo che le aprisse la porta qualcuno in uniforme.

Quando il portiere lo fece entrare, Owen gli rivolse un sorriso. La sicurezza del Selby Group aveva organizzato tutto ma nessuno aveva pensato a dargli una chiave per l'appartamento di Stasia.

Diede un'occhiata all'ascensore, prima di optare per le scale. L'impianto sembrava quello originale del palazzo, costruito nel 1909, e Owen non voleva rischiare. Ovviamente chi era abbastanza ricco da potersi permettere un alloggio in quell'edificio avrebbe preteso che l'ascensore funzionasse a dovere. Ma lui non si fidava ed era già un po' in ritardo.

Stasia abitava in una delle due unità immobiliari che occupavano il quinto e il sesto piano. L'ingresso del suo appartamento era al quinto piano ma Owen non si ritrovò senza fiato dopo aver salito tutti quei gradini: il vincente risultato dell'addestramento militare e della resistenza da licantropo.

Bevve un sorso di caffè per rinfrancarsi. Non sapeva come sarebbe andata, e di solito aveva un compagno proprio accanto a lui per appianare assieme qualsiasi difficoltà si presentasse. Owen era bravo nel suo lavoro, eccezionale in realtà, ma sapeva essere irritante. Mai di proposito, ma non tutti reagivano bene al suo livello predefinito di ottimismo.

Ripassò mentalmente il dossier che gli era stato fornito. Tutti i dati erano salvati sul suo telefono, ma non aveva bisogno di recuperarli. Non c'era molto da sapere. Stasia era una bella principessa che dopo essere diventata medico aveva viaggiato per il mondo con i soldi di papà. Dopo aver messo fine alla sua vacanza internazionale aveva iniziato l'attività a New York, lavorando nel reparto di pronto soccorso di un ospedale in zona, anche se recentemente era stata licenziata. Nel dossier non era specificato il motivo, ma Owen immaginò che le principesse viziate non fossero propriamente tagliate per il pronto soccorso.

Era cresciuta con le guardie del corpo sempre attorno. Suo padre era uno degli uomini più ricchi della città e lei sapeva come funzionava. Il lavoro sarebbe stato facile. Con la squadra di sicurezza di suo padre che si occupava della maggior parte delle cose difficili, come indagare su chi avesse tentato di rapirla e fornire sorveglianza di riserva, il compito di Owen sarebbe stato per lo più rimanere seduto a oziare sembrando gentile. O minaccioso. Poteva fare il bravo cane da guardia. E alla fine della settimana il lavoro sarebbe finito, lui avrebbe ricevuto lo stipendio, Gibson avrebbe saldato un debito e si sperava che ci sarebbero stati altri incarichi interessanti in arrivo per lui.

Se tutto fosse andato per il verso giusto.

Ma Owen non poteva essere negligente solo perché si aspettava un lavoro noioso. Sarebbe stato il modo più sicuro per far uccidere la ragazza che doveva proteggere e se stesso.

Bevve un sorso in più di caffè, bussò alla porta e aspettò.

E aspettò.

E aspettò.

Poi bussò di nuovo. La principessa non sapeva che lui era in arrivo?

Forse doveva essere più gentile; dopo tutto era stata quasi rapita in mezzo alla strada solo il giorno prima. La cosa avrebbe reso anche lui più diffidente nell'aprire la porta.

Ma finalmente sentì dei passi e un attimo dopo la porta si aprì.

Owen dimenticò di respirare.

Nel dossier c'era una foto di Stasia Nichols, ma non le rendeva giustizia. I suoi grandi occhi grigi gli ricordavano la luna e lui non riuscì subito a distoglierne lo sguardo. I capelli neri sciolti le incorniciavano il viso pallido e aveva labbra piene che sentì il bisogno immediato di baciare. Era più bassa di quanto si era aspettato, ma aveva un portamento ed emanava un'energia che la facevano sembrare più alta di lui, anche solo dopo l'unico sguardo che si erano scambiati.

Avrebbe voluto allungarsi a posare le mani sulla curva dei suoi fianchi e farle scorrere su tutto il suo corpo. Non era mai stato sopraffatto da un desiderio così immediato prima di quel momento e sentì il suo lupo fremere sottopelle, irrequieto e impaziente di prepararsi per il loro...

Il loro cosa?

Loro?

Normalmente non pensava al suo lupo come a un'entità separata da se stesso. A volte era un uomo, a volte era un lupo, ma era sempre Owen indipendentemente da quanto pelo lo ricoprisse. Ma in quel momento percepiva la presenza di qualcosa di... diverso. Qualcosa di primitivo.

Il suo sesso fremette e Owen serrò la mascella. Non era il momento. Aveva scortato tante donne attraenti in passato ed era sempre stato in grado di mantenere una condotta professionale. Questa non era una situazione diversa.

Ma nessuna di loro era Stasia.

Il suo odore gli solleticò il naso e Owen sentì di nuovo fremere il suo lupo. Poteva praticamente avvertire la sua coda agitarsi per l'eccitazione. Ma quello non era il momento di lasciar scodinzolare *nessuna* delle sue code.

"Si è trasferito qui di fronte?" chiese lei. La sua espressione era grave, come se un sorriso potesse farla soffrire fisicamente, ma in qualche modo Owen ne fu affascinato. Capì che quando fosse riuscito a farla sorridere sarebbe stato perché se l'era meritato.

All'inizio lui non capì cosa intendesse e lanciò un'occhiata all'altra porta, che si trovava alle sue spalle. Quell'appartamento evidentemente era vuoto. Doveva aggiornare il dossier per assicurarsi che tutti lo sapessero. Anzi, probabilmente avrebbe già dovuto essere aggiornato.

"Allora?" chiese lei visto che lui stava aspettando troppo per rispondere.

Owen si riprese velocemente. "Sono qui per il suo corpo." Le parole erano tutte nella lingua giusta, ma si sarebbe preso a schiaffi per come gli erano uscite.

"*Scusi?*" Stasia aveva sollevato le sopracciglia scure e sembrava pronta a schiaffeggiarlo.

"No, no!" Owen agitò le mani cercando di correggersi. "Per proteggere il suo corpo. Sono la sua guardia del corpo. Owen Myers." Non aveva mai avuto problemi con le parole. Forse non era il più intelligente fra i presenti in una data situazione, ma sapeva sempre cosa dire. Tranne, a quanto pareva, quando il suo lupo, il suo sesso e il suo cervello avevano tutti altre idee.

"Ah." Stasia lo squadrò da capo a piedi, e quando incontrò di nuovo il suo sguardo lui capì che lei aveva tratto le sue conclusioni. E capì anche di aver fallito. "No."

"No cosa?"

"No." Lei lo disse lentamente, allungando la parola come se pensasse che lui fosse troppo stupido per capire.

D'altra parte, non aveva dato il meglio di sé per quel primo incontro. Forse avrebbe dovuto aggiungere una quarta dose di espresso. "Mi dispiace per il malinteso. Il Selby Group ha assunto l'impresa per cui lavoro per proteggerla mentre indagano sul tentato rapimento. Vogliamo solo tenerla al sicuro."

Lei strinse gli occhi scuri e serrò le labbra. "Dite a mio padre che sono già sufficientemente al sicuro."

E prima che lui avesse la possibilità di ribattere, gli sbatté la porta in faccia.

4

CAPITOLO QUATTRO

 impedire alla stupida, impicciona, *attraente* guardia del corpo di sfondarla.

Avrebbe dovuto immaginare che sarebbe arrivata una scorta. Suo padre e suo fratello la sera prima avevano glissato sull'accaduto con troppa facilità. Dopo qualche ora alla stazione di polizia, dove aveva consegnato un rapporto e fatto del suo meglio per aiutare gli investigatori a capire cos'era successo, aveva potuto tornare a casa e fingere che sarebbe andato tutto bene. Aveva persino permesso a suo padre di lasciare un agente di sorveglianza fuori dal suo palazzo per tutta la notte.

Solo nel caso in cui qualcosa fosse andato storto.

Era stato un errore. Avrebbe dovuto capire che suo padre non si sarebbe limitato a quello.

Owen Myers non assomigliava a nessuna delle guardie che lui assumeva normalmente. Non indossava nemmeno una divisa. E il sorriso che le aveva rivolto – denti bianchissimi, rughe d'espressione, labbra da baciare e pelle dalla calda abbronzatura – era bastato a farle fremere lo stomaco.

Non che lui lo dovesse sapere.

Era troppo sexy per quel lavoro e senza dubbio ne era consapevole. Era troppo sexy anche per *lei*. L'unico sguardo che gli aveva rivolto le aveva fatto pensare a notti torride e aria umida.

Non ricordava di aver mai provato sentimenti inappropriati per una guardia del corpo, in passato, e non aveva intenzione di iniziare ora. Non aveva bisogno di una scorta. Certo, poteva anche essere stata quasi rapita in mezzo alla strada e in pieno giorno. Non era l'ideale. Ma quelle erano le stronzate di suo padre. Non avevano *niente* a che fare con lei, e non si sarebbe fatta coinvolgere in qualsiasi assurdità il Selby Group stesse architettando.

Non lavorava per l'azienda di suo padre.

Non viveva a casa sua.

Non doveva più obbedire ai suoi ordini.

Alcuni colpi sordi sulla porta risuonarono proprio accanto al suo orecchio. "Signora Nichols, la prego, mi faccia entrare." Era proprio un tono da guardia del corpo. Freddo e autoritario, un tono che avrebbe dovuto farla scattare sull'attenti. Stasia odiò che una parte di lei volesse rabbrividire e obbedire.

Ma era solo una piccola parte e non gliel'avrebbe data vinta così facilmente. "Sono una *dottoressa*." Aveva lavorato a lungo e duramente per quel titolo e non avrebbe lasciato che qualcuno lo ignorasse.

"*Dottoressa* Nichols," si corresse lui. "Per favore, mi faccia entrare."

"No." Era ridicolo. Stava gridando a una guardia del corpo attraverso la sua stessa porta chiusa come se dovesse negoziare per farlo andare via. Non sarebbe entrato in casa senza usare la forza, e se ci avesse provato sarebbe stato licenziato prima di riuscire a rompere la prima serratura.

Suo padre aveva una bella faccia tosta. Gli aveva permesso di metterle un agente alla porta perché le sembrava logico. Ma non aveva bisogno di un cane da guardia che controllasse ogni suo passo. Chi credeva di essere quel tizio?

E che razza di guardia del corpo poteva essere, un uomo che sembrava essere uscito da una passerella a una qualche sfilata?

Era più alto di lei di quasi tutta la testa, sicuramente qualche centimetro oltre il metro e ottanta. Aveva capelli corti e scuri, e profondi occhi castani sottolineati da rughe d'espressione sufficienti giusto a farlo sembrare dolce e gentile... e incredibilmente sexy. Aveva quel tipo di abbronzatura uniforme che veniva solo in modo naturale, e sebbene fosse coperto dalla testa ai piedi era certa che ci fossero muscoli scolpiti subito sotto la superficie. Non era il tipo di uomo da cui lei normalmente si sentisse attratta.

Soprattutto perché era il tipo di uomo che esisteva solo nelle fantasie erotiche.

In giro c'erano un sacco di dottori sexy, e avvocati sexy, e agenti di cambio sexy, e baristi sexy. Ma nessuno di questi reggeva il confronto con questo Owen.

Era un peccato che lei dovesse rovinargli la vita. D'accordo, probabilmente stava esagerando *un po'*. Voleva solo farlo licenziare, il resto della sua vita non le interessava.

Non aveva intenzione di lasciarlo venire a darle ordini e a farle da babysitter.

Non ne aveva bisogno.

Non lo voleva.

Non l'avrebbe accettato.

Lui bussò di nuovo alla porta, ma stavolta senza dire nulla. Stasia fissò il legno bianco per un lungo momento prima di allontanarsi dall'ingresso. Che cuocesse a fuoco lento. Lei non gli doveva nulla. Alla fine lui avrebbe capito che non lo stava ascoltando.

E per fortuna non aveva un vicino di casa, così se anche avesse deciso di aspettare fuori dalla porta d'ingresso nessuno sarebbe stato lì a fare domande sulla sua presenza. Non le sarebbe *affatto* importato se eventuali vicini avessero iniziato a spettegolare, ma aveva decenni di esperienza mediatica che la facevano fuggire dai riflettori a meno che non fosse lei a usarli a proprio vantaggio.

Nessuno poteva irrompere nel suo appartamento per rapirla se lui era proprio fuori dalla porta.

Odiava il fatto di averlo anche solo pensato. Odiava che una piccola parte di lei volesse lasciarlo entrare per affrontare tutte le sue difficoltà e proteggerla finché qualunque problema suo padre avesse causato nella sua vita non fosse stato risolto col suo denaro.

Ma aveva imparato da molto tempo che lasciare che suo padre controllasse qualche aspetto della sua vita gli avrebbe infine permesso di controllarla *completamente*.

Sarebbe cominciata in sordina, seguendo un filo logico. Qualcuno aveva tentato di rapirla, quindi lui le avrebbe offerto protezione personale. Se non fossero riusciti a catturare i malviventi, lui le avrebbe consigliato di trasferirsi nel suo attico in quanto più sicuro del suo palazzo. Sarebbe stato vero? Certo. Ma lei avrebbe sacrificato un bel po' della sua sicurezza personale pur di allontanarsi dal raggio di influenza di suo padre.

Non aveva più un lavoro all'ospedale, mentre lui aveva molti conoscenti che sarebbero stati felici di assumerla. E in questo modo si sarebbe ritrovata intrappolata in una rete di favori e responsabilità cui non sarebbe mai riuscita a sottrarsi.

Sapeva chi era suo padre. Non amava come una persona normale. Qualcuno pensava che fosse completamente incapace di provare quell'emozione, ma lei sapeva che la situazione era più complicata di così. Per lui, l'amore era una questione di dare e avere. Nessuna delle sue mogli era mai stata all'altezza di quel concetto, e lei e i suoi nove fratellastri entravano e uscivano dai suoi favori a seconda del suo umore e della loro utilità. Beh, forse la bimba era fuori da questo meccanismo. Per ora.

In un'altra vita sarebbe stato un re o un signorotto, che imponeva al mondo il suo volere e i suoi capricci.

Non aveva un titolo del genere ma usava comunque la sua ricchezza nello stesso, identico modo.

Lei si era liberata di lui, più o meno. E non poteva permettere che l'accaduto fosse una battuta d'arresto. Aveva impiegato quasi due anni per superare l'ultimo imprevisto che l'aveva riportata tra le sue grinfie. Non voleva ricominciare tutto da capo.

Anche se ricominciare era esattamente quello che stava facendo in quel momento. Ma almeno la cosa non aveva niente a che fare con suo padre.

Prese il telefono dal bancone della cucina e provò a digitare il suo numero. Non fu una sorpresa che lui non rispondesse e che la chiamata fosse immediatamente dirottata alla segreteria telefonica della sua assistente. Chiuse la comunicazione senza lasciare un messaggio. Se lui avesse voluto parlare avrebbe risposto.

Poi provò con AR. Se non poteva raggiungere suo padre, sarebbe andato quasi ugualmente bene anche il fratello maggiore. Era il braccio destro ed erede del padre. Faceva il lavoro sporco per la famiglia.

Ma non rispose neanche AR.

Stasia imprecò e rimise giù il telefono. Odiava quei giochetti da parte della sua famiglia. Senza dubbio suo padre e AR erano impegnati. Sarebbero stati in grado di darle una decina di buone e logiche ragioni per cui non potevano rispondere alle sue chiamate.

Ma in realtà non rispondevano perché pensavano che se l'avessero ignorata abbastanza a lungo lei si sarebbe arresa e avrebbe accettato che Owen diventasse la sua ombra finché non avessero deciso che lei era al sicuro.

Al sicuro.

Non credeva che avrebbe potuto essere realmente al sicuro finché fosse stata la figlia di Armand Selby. E a meno di non poter viaggiare nel tempo non c'era modo di sciogliere quel vincolo.

Owen bussò di nuovo alla porta, sgradito promemoria di tutto il controllo che suo padre cercava di esercitare su di lei.

Lo ignorò e consultò invece l'applicazione del calendario sul telefono per vedere cosa doveva fare quel giorno. Aveva cercato di tenersi occupata nelle due settimane da quando aveva lasciato il suo precedente lavoro e si rallegrò nello scoprire che aveva un turno di volontariato in arrivo.

Guardò la finestra del soggiorno che dava su Gramercy Park. Se il suo appartamento fosse stato solo qualche piano più in basso, sarebbe stata felice di sgattaiolare fuori e seminare il cane da guardia. Ma aveva smesso di giocare con gli agenti di sicurezza quando era ancora adolescente. Ora era una donna adulta di trentaquattro anni.

Se non voleva essere seguita, doveva seminarlo alla vecchia maniera.

5
CAPITOLO CINQUE

OWEN PREMETTE LE DITA CONTRO LA PORTA. ERA SOLIDA. Mogano? Forse. Sicuramente un legno costoso e resistente. Niente che potesse sfondare. Non l'avrebbe fatto comunque. Avrebbe suscitato un'impressione esattamente opposta a quella che voleva dare a Stasia.

Riusciva a stento a sentirla camminare all'interno dell'appartamento. Il rumore dei suoi passi era in gran parte coperto dai battiti del suo stesso cuore, ma almeno sapeva che era sana e salva dove doveva essere. Avrebbe dovuto farsi venire in mente un altro modo per entrare.

Non che avesse intenzione di tenerla prigioniera. Anche se la sua mente fu attraversata dalla fugace immagine di un paio di manette ricoperte di pelliccia con cui una volta era stato legato a un letto. Le sarebbe piaciuto?

Non gliel'avrebbe chiesto di sicuro. Non era *così* stupido.

Se non poteva entrare nell'appartamento e non

riusciva a convincerla ad accettare la protezione che lui le offriva, la sua presenza era inutile. Ma Owen non si fece prendere dal panico. A volte i clienti cedevano all'ansia quando le loro guardie del corpo si presentavano. Rendevano tutto molto più reale. Probabilmente si sarebbe spaventato anche lui.

Anche se dubitava che ci fossero molti cattivi là fuori in grado di abbattere un fottuto licantropo.

La principessa non era come se l'aspettava. Non era facile fissare lo sguardo su di lui e ignorarlo, e lei lo aveva fatto come se niente fosse. Non era certo un fiorellino delicato.

Voleva testare i suoi limiti. Voleva vedere se riusciva a far spuntare un sorriso su quel suo viso torvo. E voleva assaggiare le sue labbra più di quanto volesse poter continuare a respirare. L'attrazione non stava svanendo, anche se i minuti passavano e lei continuava a ignorarlo.

Al suo lupo tutto ciò non piaceva.

Lui e il suo lupo dovevano fare una chiacchierata. Non poteva gestire una doppia personalità nel bel mezzo di un lavoro.

Tirò fuori il telefono e chiamò Gibson. Era imbarazzante aver ricevuto una porta in faccia, ma doveva comunque riferirlo al suo capo.

Gibson rispose al primo squillo. "Tutto sistemato?" Owen sentì rumore di traffico in sottofondo e immaginò che il capo stesse tornando in città.

"Negativo. La cliente non mi ha fatto entrare." Fece scorrere un dito su e giù lungo una modanatura della porta come se questo potesse magicamente aprirla.

Al maggiore la risposta non piacque. "Cosa?"

Owen si lasciò sfuggire un sospiro di frustrazione. "Sembra un battibecco familiare. Ci sto lavorando."

"Hai bisogno che chiami il fratello?"

Owen prese in considerazione quella possibilità ma poi la scartò. "Mi lasci ancora un po' di tempo. Le farò sapere." Non voleva ancora chiamare i rinforzi. Forse poteva convincere la principessa a trattare con lui.

"Affermativo." Gibson chiuse la comunicazione senza preoccuparsi dei convenevoli. Aveva altri lavori da gestire e non avrebbe disturbato Owen fino al rapporto successivo.

Stava per rimettere il telefono in tasca quando vibrò per una chiamata in arrivo. "Myers, chi parla?"

"Peters della Selby Security." Non lo conosceva, ma era evidente chi fosse.

"È nella squadra di sorveglianza?" Qualcosa non andava? C'erano ostili nel perimetro? Avevano arrestato i responsabili del tentato rapimento? Owen si costrinse a non assillare l'uomo per ottenere risposte; ovviamente stava chiamando per un motivo.

"Sì. Confermo l'uscita della signora Selby."

"Dottoressa." La correzione gli venne spontanea ma subito dopo il cervello riprese a funzionare. "Aspetti. Cosa? Quale uscita?"

"L'abbiamo avvistata presso l'uscita posteriore. Lei dove si trova?" chiese Peters.

Non andava bene. Non andava bene. Non andava bene.

Era una mossa da pivello lasciare che la cliente svicolasse dal retro come un'adolescente che infrangeva il coprifuoco, e sperò che non si facesse ammazzare. "Cazzo. Aspettate. Arrivo."

"La tratteniamo?" Peters era estremamente professionale, il che era un bene perché Owen era invece pronto a picchiarsi a sangue per la sua stupidità.

"No. Mantenete il contatto visivo." Non voleva che lei lo odiasse o ancor peggio che se la prendesse con l'agente di sorveglianza. C'era tempo per rimediare.

Se si fosse sbrigato.

Si precipitò giù per le scale verso il retro dell'edificio. Ovviamente, Stasia se n'era già andata. Aveva qualche minuto di vantaggio su di lui, ma non sarebbe stato un problema. Non dubitava che il signor Peters la stesse tenendo d'occhio, ma Owen voleva trovarla da solo.

I suoi istinti da lupo fremevano.

Uscire dal retro era stato intelligente ma infantile. E lui non se l'era aspettato. La dottoressa Nichols continuava a frustrare le sue aspettative e lui avrebbe dovuto riconsiderarle.

La strada in cui abitava non era affollata, ma era pur sempre New York. Odori e persone turbinavano intorno a lui e Owen dovette concentrarsi per capire dove dirigersi. All'inizio non la vide e non aveva idea di dove stesse andando. Ma era solo una questione di tempo.

Eccola!

Era ferma a un semaforo e non faceva alcun tentativo per nascondere la sua identità. Doveva sapere che la squadra di sorveglianza poteva vederla, e sperò che lei lo facesse di proposito. Non voleva avere *lui* attorno, ma questo non la rendeva un'aspirante suicida.

Lui rimase indietro ma non si preoccupò di non farsi vedere. Se si fosse guardata alle spalle si sarebbe accorta di lui, ma non c'era niente che Owen potesse fare in proposito a meno di mutare nella sua altra forma, e *quello* avrebbe certamente attirato più attenzione del dovuto.

Lei si infilò in una caffetteria, dandogli l'opportunità di gettare il suo caffè annacquato in un vicino bidone della spazzatura. Non la seguì all'interno. A quel punto era curioso di scoprire cosa avrebbe fatto. Aveva un sacco di occhi addosso, e lui non aveva ragione di pensare che le persone che la prendevano di mira le avrebbero fatto del male fisicamente. Avrebbe aspettato di vedere come sarebbe andata a finire.

Lei doveva essere consapevole del fatto che Owen la stesse seguendo. Sorseggiò il suo caffè mentre camminavano superando qualche altro isolato, poi lo gettò in un bidone.

Tutta quella storia si sarebbe ridotta al semplice fatto di prendere un caffè?

No.

Lei imboccò le scale per scendere alla metropolitana e Owen la seguì, riducendo un po' la distanza fra loro. Non voleva che prendesse un treno senza di lui.

A cosa diavolo stava pensando quella donna? Non c'era modo che una squadra di sorveglianza fosse in grado di starle dietro.

Sperava che stessero tracciando gli spostamenti attraverso il suo telefono.

Il treno era già lì e non era troppo affollato. Non doveva essere un orario di punta, oppure erano fortunati. Stasia si sedette.

Owen prese posto accanto a lei.

"Sembra che tu non sia tanto idiota quanto sembri," disse lei passando direttamente al tu, mentre si sistemava la borsa sulle ginocchia.

"Ehi!" Quelle parole lo ferirono un po'. Owen non era stupido. Solo non si fermava troppo a riflettere sulle cose.

Stasia gli rivolse un'occhiataccia.

Quello sguardo gli smuoveva qualcosa dentro e Owen dovette distogliere gli occhi da lei, o non avrebbe riflettuto affatto. "Dobbiamo lavorare insieme."

"Sembra che tu te la stia cavando bene." Era decisa a farsi pregare.

Ma quello era il lavoro di Owen e lui non stava giocando. "Non mi pare che tu stia prendendo le cose sul serio. Sei stata quasi rapita."

Lei gli lanciò un'altra occhiata e poi rivolse lo sguardo altrove, imperturbabile. "Non ci sono riusciti. Se ne sta occupando mio padre. Cos'altro potrei fare?"

"Prendere un taxi?" Avrebbe dovuto essere ovvio. C'erano solo pochi altri passeggeri in quel vagone insieme a loro, ma avrebbero potuto essere un centinaio, ognuno dei quali avrebbe potuto voler fare del male a Stasia.

Lei sbuffò. "E lasciare che i miei aspiranti rapitori mi portino via in macchina? No, grazie."

Lui non era sicuro che la metropolitana fosse più sicura di un taxi, ma almeno lei aveva valutato la cosa. Owen la considerò una vittoria, anche se non sapeva a che gioco stavano giocando e come si contassero i punti.

"Dove siamo diretti ora?" Lui era al suo fianco. Potevano ricominciare da capo. Per il momento non c'era motivo di considerare quella mattinata una sconfitta.

Ma Stasia non aveva intenzione di stare al gioco. "Dove stia andando *tu*, io non lo so."

"Sono la tua ombra."

"Lei si girò sul sedile per affrontarlo, con le braccia incrociate e un'espressione dura. "Non sono stupida. Starò attenta. Non ho bisogno di te né ti voglio intorno. Quindi torna da mio padre e diglielo."

"Non è così che funziona."

"È *esattamente* così che funziona."

Il treno stridette fermandosi e Stasia si alzò in fretta dal suo posto. Owen dovette scattare per seguirla, e a quanto pareva il tempo per la conversazione era scaduto. Lui non riconobbe il quartiere in cui si trovavano, ma era un mondo lontano dalla scintillante ricchezza di Gramercy Park.

Non era decisamente il tipo di posto che una ricca ragazza viziata avrebbe desiderato frequentare.

A meno che non volesse procurarsi della droga.

Lui sperò che non fosse così.

Non lo era. A meno che la St. Agnes Charity Health Clinic non fosse una specie di copertura. Giunse alla porta di ingresso e si fermò abbastanza bruscamente da far sì che Owen quasi le finisse addosso.

"I pazienti hanno diritto alla privacy. Non posso impedirti di sederti nella sala d'attesa, immagino. Ma avvicinati di un passo di troppo e chiamo la polizia."

Aprì la porta e lasciò che gli si chiudesse proprio in faccia.

Di nuovo.

Owen doveva smettere di lasciarglielo fare.

6

CAPITOLO SEI

STASIA BATTEVA SULLA TASTIERA DEL COMPUTER PIÙ FORTE DEL necessario mentre controllava la cartella del paziente successivo. La clinica in cui faceva volontariato non poteva trattenerla per un numero sufficiente di ore a causa delle regole interne, così per lei ogni minuto contava.

Quello a cui *non* voleva pensare era la guardia del corpo sexy ed esasperante che probabilmente era seduta in sala d'attesa proprio in quel momento.

"Notte difficile?" Luna Sparks era infermiera presso la struttura e amica di Stasia. I suoi capelli nerissimi e i tatuaggi non si addicevano molto all'atmosfera da clinica cattolica gratuita, ma era un'infermiera eccezionale e nessuno voleva offenderla.

Stasia non sapeva esattamente come fossero diventate amiche. Non era brava ad aprirsi con le persone, ma Luna aveva superato le sue difese come se niente fosse. Ad ogni modo non voleva portare nella clinica le sue stupide stronzate da ragazza ricca. Voleva fingere di essere normale, e ciò significava sorvolare sul tentato rapimento e sicuramente ignorare Owen.

"Qualcosa del genere." Stasia continuò a esaminare la cartella, come se ciò bastasse a far desistere Luna.

Lei sorrise, mostrando grandi denti bianchissimi contornati da labbra rosso scuro. "Chi è quel tipo con cui sei entrata? È appetitoso."

"E cosa ne direbbe la tua ragazza?" Stasia alzò appena lo sguardo mentre le lanciava quella frecciata. Quella era la prova del fatto che lei e Luna erano amiche. Non sapeva quasi nulla delle altre persone che lavoravano alla clinica. Ma sapeva il nome della ragazza di Luna, Gerry, che era dei Gemelli con ascendente Cancro, qualunque cosa significasse, e che Luna e Gerry si occupavano insieme di un drago barbuto di nome Newt.

Luna si mise semplicemente a ridere. "Che è *appetitoso*. Abbiamo gli occhi entrambe. Devo farti un'altra ramanzina sulla pansessualità?"

"Per favore, no." Aveva usato addirittura un Power Point. Stasia ormai sapeva di più sull'orientamento sessuale di Luna che sul suo, e non voleva davvero sorbirsi un altro discorso.

"Allora?" insistette Luna.

"Ignoralo e spera che se ne vada." Quello era ciò che Stasia aveva pianificato di fare. Sapeva che era stato puerile scappare di casa come aveva fatto, ma avrebbe voluto urlare per il modo in cui le avevano messo Owen alle calcagna. Lei non aveva acconsentito a una cosa del genere e non aveva affatto intenzione di sopportare la prepotenza della sua famiglia.

"È un randagio che ti ha seguito fino a casa?" Luna sbirciò da dietro un angolo come se ciò le consentisse di guardare attraverso la finestra di plexiglass che dava sulla sala d'aspetto. Era impossibile, l'angolazione era completamente sbagliata, ma Stasia non cercò di fermarla.

"Qualcosa del genere," ripeté. Per fortuna Stasia aveva finito di controllare la cartella e poté sfuggire alla conversazione per andare a incontrare il suo paziente e discutere delle strane piaghe che gli stavano venendo sui piedi.

Un paziente dopo l'altro, alla fine del suo turno di quattro ore Stasia cominciò a sentire il bisogno di una pausa. Sarebbe rimasta volentieri a visitare pazienti tutto il giorno, ma aveva comunque in programma solo quattro ore.

Si lavò le mani e si pettinò i capelli con le dita per cercare di farli sembrare un po' più docili prima di raccoglierli in uno chignon basso. "È ancora lì fuori?" chiese a Luna, che stava inserendo nel computer i dati della sua giornata.

"Come se avessi tempo di controllare," rispose lei con un cenno verso lo schermo, e Stasia poté capirla. Tutto doveva essere registrato, e la faccenda poteva richiedere molto più tempo del previsto. "Volevo informarti di una cosa."

"Sì?" Luna sembrava seria e questo attirò l'attenzione di Stasia.

L'infermiera si guardò intorno furtivamente come se stesse tramando qualcosa, e il battito cardiaco di Stasia salì alle stelle quando cominciò a temere che la sua amica fosse coinvolta nel piano del rapimento. Poi Luna parlò, e lei si sarebbe presa a schiaffi per aver pensato ancora una volta che tutto riguardasse sempre e solo se stessa. "Sto facendo domanda per una nuova posizione."

"Ah. È... fantastico." Ma il tono smentiva le sue parole. Stasia reagiva benissimo quando era sotto pressione, ma non prendeva altrettanto bene i cambiamenti. Era il motivo per cui tutta la sua vita era un po' in stallo in quel momento. E Luna le piaceva. Non voleva dover affiancare un'infermiera nuova, o perdere un'amica.

Luna si girò sullo sgabello per guardare Stasia negli occhi. "Mi dispiace abbandonarti, ma è una grande opportunità."

"Non mi stai abbandonando." Cambiare lavoro era una cosa normale e giusta. Davvero. Stasia se ne sarebbe fatta una ragione.

Ma Luna non aveva ancora finito di parlare. "So bene che i tuoi impegni alla clinica sono saltuari. Non volevo sparire senza dirti niente."

Giusto. Sarebbe stato molto peggio. Lei e Luna erano amiche e Stasia non sapeva se lo sarebbero state anche al di là di quel lavoro, ma almeno la stava avvertendo. "Grazie per avermelo fatto sapere. E buona fortuna."

Luna doveva andare ad assistere un paziente, e Stasia non poteva rimanere lì. Aveva un altro incontro a cui presenziare, anche se quello non era in programma.

Quando uscì non vide né Owen né l'agente di sorveglianza, ma era sicura che la stessero seguendo. Suo padre non assumeva imbecilli. Tornò verso la metropolitana e salì su un treno diretto a Midtown.

Owen apparve magicamente accanto a lei, e Stasia odiò il leggero sollievo che provò nel vederlo. Quel mezzo secondo in cui aveva pensato che Luna stesse per tradirla era stato uno shock, e il trauma del giorno precedente era ancora un po' troppo vivo.

"Adesso dove andiamo?" chiese Owen con un sorriso, pericolosamente attraente con quei capelli scuri scompigliati.

Lei detestava quella situazione. Come faceva quel tipo a essere così allegro? E sexy? Lo aveva trattato malissimo, ignorandolo per ore, e ora lui era tutto un sorriso. Cosa c'era di sbagliato in lui?

"Immagino che lo scoprirai."

Tacquero. Stasia aveva parlato con i pazienti per ore ed era stancante. Non aveva voglia di litigare con l'uomo di cui stava per liberarsi.

Arrivarono velocemente alla fermata e Owen la seguì fuori dal treno senza una parola. Uomini in giacca e cravatta e donne in tailleur affollavano i marciapiedi di Midtown e Stasia si guardava intorno diffidente, certa che una di quelle persone volesse farle del male.

Ma nessuno li avvicinò, e arrivarono sani e salvi al portone con l'insegna del Selby Building, incorniciato da tortuose linee scolpite cremisi e familiare come casa sua, dopo tutti quegli anni.

Stasia aveva già tirato fuori il suo badge e lo agitò davanti al sensore per entrare nell'ascensore che portava al piano dei dirigenti. L'ufficio di suo padre era il più grande, naturalmente, con finestre che abbracciavano l'angolo e gli aprivano una vista su tutta Manhattan.

Quando era piccola credeva che guardare fuori da quelle finestre le permettesse di vedere il mondo intero.

Suo padre non era seduto alla scrivania, e la superficie completamente sgombra indicava che per quel giorno non sarebbe tornato.

Una delle sue assistenti, Melody, se Stasia ricordava bene il nome, entrò. Indossava un tailleur pantalone color lavanda e portava i capelli biondi raccolti all'indietro in uno chignon stretto. "Si è allontanato in fretta per una riunione questa mattina. Posso fare qualcosa per aiutarla, dottoressa Nichols?"

A Stasia piaceva Melody. Sperava che suo padre non finisse per sposarla quando si fosse stancato di Riley. "Mio fratello?" chiese. AR era un sostituto accettabile.

"Vado a chiamarlo." Melody si affrettò a uscire dall'ufficio.

Owen rimase in silenzio accanto a lei mentre aspettavano, ondeggiando un po' come se quasi non riuscisse a stare fermo. Stasia desiderò allungare una mano per impedirgli di muoversi, ma temeva che in parte il motivo fosse che voleva una scusa per toccarlo.

No. Non l'avrebbe fatto.

Fortunatamente AR arrivò prima che i suoi istinti più bassi avessero il sopravvento. A quarantaquattro anni, AR aveva dieci anni più di lei ed era il legittimo erede dell'impero del loro padre. Era il più vecchio, l'unico figlio avuto dal primo matrimonio, e l'uomo a cui lei e i suoi fratellastri si rivolgevano quando non riuscivano a mettersi in contatto con Armand Selby.

Non significava che fossero vicini. Stasia cercò di ricordare quanto tempo fosse passato dall'ultima volta che aveva visto suo fratello. Era il giorno del Ringraziamento? Natale? No, lui aveva saltato le vacanze a causa di un impegno di lavoro. Erano passati mesi, quanti fossero non aveva importanza.

AR prese posto dietro la scrivania del loro padre come se fosse sua e mise davanti a sé una cartella rilegata in pelle. Fece segno a lei e a Owen di accomodarsi, ma Stasia rimase in piedi. Owen seguì il suo esempio.

Interessante.

"Mi hanno fatto interrompere una chiamata importante per venire qui." AR sospirò, frustrato.

"Ne sono sicura." Ogni chiamata era importante quando c'erano miliardi in gioco. Ma lei poteva rendere tutto più facile. "Licenzialo e potrai tornare immediatamente a sfruttare i paesi poveri."

Owen girò di scatto la testa verso di lei, a bocca aperta. "Sul serio?"

"Sul serio?" Suo fratello usò un tono più canzonatorio.

Stasia sentì l'impulso di mettersi a camminare su e giù per la stanza, ma represse tutta quell'energia e parlò. "Ho accettato un agente di scorta mentre tu esaminavi la questione. Ma doveva essere sorveglianza a distanza. Non un babysitter a tempo pieno."

"Io non..."

"Tu non parli, ora," lo interruppe lei rivolgendo a

Owen anche un'occhiataccia, giusto per assicurarsi che capisse. Owen poteva essere presente, ma non aveva diritto di parola.

AR si appoggiò allo schienale della poltroncina e incrociò le braccia. "Voglio che tu sia al sicuro."

Gli credette: lei e AR non erano vicini ma erano pur sempre una famiglia. Ciò non significava però che lui dovesse prendere decisioni per lei. "E il tuo personale non può tenermi sufficientemente al sicuro?"

"Stas..."

"Rispondi alla mia domanda." Il Selby Group impiegava personale altamente qualificato e Stasia aveva già fatto una grossa concessione a permettere loro di sorvegliarla.

Ma chiaramente AR si era aspettato quella reazione. Aprì la cartella sulla scrivania ed estrasse un tablet. Toccò lo schermo per attivarlo e poi scorse all'interno per trovare ciò che stava cercando, prima di ruotarlo verso di lei perché potesse dare un'occhiata.

Stasia si avvicinò alla scrivania e guardò, ma non era certa di ciò che vedeva.

"La sicurezza ha trovato prove sul fatto che ti stavano sorvegliando da un appartamento vuoto di fronte al tuo, dall'altra parte della strada," le disse mentre passava all'immagine successiva, che mostrava l'appartamento vuoto in questione. "Quando abbiamo scansionato il tuo telefono i tecnici hanno trovato uno spyware. L'hanno rimosso. Non è stata una casualità e potrebbe succedere di nuovo. La scelta migliore per la tua sicurezza è lasciare che..." Si interruppe un attimo guardando Owen e poi continuò. "... l'uomo di Gibson ti protegga."

Stasia si sentì stranamente offesa per il fatto che AR non si fosse scomodato a imparare il nome di Owen. Quando voleva sapere qualcosa, ci riusciva senza problemi. "Il suo nome è Owen. Chi cazzo è Gibson?"

Fu Owen a rispondere. "Il mio capo."

"Un amico," aggiunse AR. "Sapevo che non ti saresti fidata di uno dei miei uomini così vicino a te. *Owen* non fa rapporto a me, né suoi tuoi spostamenti, né sul tuo lavoro, niente che non sia una minaccia diretta alla tua sicurezza. Ti conosco, Stasia, dammi un po' di fiducia."

In realtà non avrebbe voluto. Ma AR ci aveva riflettuto a fondo. E lei non pensava che fra lui e Owen ci fosse chissà quale grande cospirazione per controllare ogni sua mossa. Apprezzò che suo fratello avesse pensato ai suoi sentimenti.

Avvicinò il tablet a sé e fece scorrere le immagini. I mattoni bianchi erano proprio quelli del suo palazzo. E c'era Gramercy Park. Erano i luoghi dove lei viveva la sua vita.

Un brivido minacciò di travolgerla e le sue dita cominciarono a tremare. Owen accennò un passo verso di lei, come se avesse percepito il suo disagio. Stranamente, questo la fece sentire un po' meglio.

"Hai detto che tra una settimana sarà tutto sistemato?" La sua voce non tremava. Non sembrava spaventata. Bene.

"Spero di sì. I miei investigatori sono in gamba. Se la

cosa si trascina per più di una settimana, rivaluteremo il da farsi."

Non le piaceva l'idea che l'indagine si prolungasse, ma bisognava prendere atto della situazione. "È peggio di Bermeja?" Aveva sperato che *quella* fosse la peggiore aggressione della sua vita, e dato che aveva dovuto rivedere la sua intera carriera dopo quell'episodio, non voleva ripetere l'esperienza.

Il volto di AR si rabbuiò. "Ti hanno messo le mani addosso."

"Non voglio stravolgere di nuovo la mia vita." Aveva avuto una strada da percorrere, una missione. Ormai tutto ciò non c'era più.

"Farò in modo che non succeda. Ci piaci qui a New York." Lo disse con abbastanza convinzione da riuscire quasi a persuaderla. Poi il suo tono divenne falsamente allegro. "Verrai alla festa di compleanno, vero?"

"Non posso appellarmi a un tentato rapimento per rimanerne fuori? Ho visto la bambina una volta sola!" Cos'era quella storia delle feste di compleanno? Quale bambina avrebbe desiderato che degli adulti fatti e finiti e senza figli le girassero intorno?

Sua fratello scoppiò a ridere senza mostrare alcuna pietà. "È nostra sorella. E tu hai una guardia del corpo."

"Sorellastra." Si voltò verso Owen con uno sguardo acido. "Sei licenziato."

Quella dichiarazione fece ridere anche lui.

"Non sarà così male," disse AR cercando di rassicurarla.

Stasia c'era già passata. "Vedremo..." La sua mente si

impuntò su una preoccupazione che la stava turbando già da un po'. "Mi danno la caccia per qualcosa che il gruppo sta facendo? Dovrei sapere qualcosa?"

"Non permetteremo che ti facciano del male," promise lui.

Quella non era una risposta, e mentre se ne andava insieme a Owen, Stasia non poté fare a meno di chiedersi cosa suo fratello e il Selby Group stessero nascondendo.

7
CAPITOLO SETTE

Stasia aveva una biblioteca. Certo che ce l'aveva. Non era forse una necessità per la gente ricca in quel genere di posti? Il rivestimento in legno di ciliegio delle pareti dava all'intera stanza un'aria da vecchio mondo che contrastava con le conclusioni che Owen aveva tratto sulla dottoressa. E rendeva buia la stanza, nonostante la luce del sole la invadesse attraverso le finestre. Il bagliore di tre lampade combatteva l'oscurità ma rimanevano ancora zone d'ombra qua e là.

A giudicare dalla scrivania la biblioteca aveva anche la funzione di ufficio per Stasia, ma i due grandi divani la rendevano un ambiente abbastanza adatto per le riunioni con gli uomini della sicurezza. Quella era la prima volta che Owen incontrava ufficialmente altri agenti oltre Peters, e voleva assicurarsi che fossero il tipo di persone di cui Stasia aveva bisogno per essere tenuta al sicuro.

Peters era supportato da Doug Griffin, Rene Beaufort, Russ Hill, Jessie Morgan e Cathy Rivera. Le sei persone della squadra lavoravano su tre turni con orari sovrapposti in modo che fossero in quattro a sorvegliare Stasia durante le ore cruciali fra le otto del mattino e le otto di sera. Stasia non era, a quanto sembrava, il tipo di donna che esce molto la sera dei giorni feriali, quindi la copertura notturna poteva essere inferiore a quella diurna.

A giudicare dalla postura degli agenti della sicurezza Owen era pronto a scommettere che la metà di loro fossero ex militari: Beaufort, Morgan e Cathy Rivera. Degli altri non era sicuro. Era Hill ad attirare maggiormente la sua attenzione.

Russ Hill aveva probabilmente la stessa età di Owen, forse aveva qualche anno in più, e aveva quel genere di bellezza tipicamente americano che lascia la gente di stucco quando l'uomo in questione si rivela essere un serial killer. Non che Hill fosse un serial killer.

Probabilmente no.

Ma aveva catturato l'attenzione di Owen e lui ancora non sapeva perché. Avevano prestato servizio insieme? Avevano frequentato la stessa scuola? Erano capitati sullo stesso treno in metropolitana? La sua mente era talmente concentrata a cercare delle risposte a quel mistero che ascoltò Peters solo a metà mentre rivedeva le procedure che Stasia avrebbe dovuto seguire.

"Voi resterete in contatto con me durante le ore centrali," stava dicendo loro Peters, "e con Rivera o Griffin durante i loro turni. Qualche domanda?"

Stasia sedette alla scrivania e si appoggiò allo schienale della sedia, riflettendo un momento prima di scuotere la testa. "Apprezzo che siate qui per aiutarmi. Cercherò di rendere tutto questo il meno faticoso possibile per voi."

Quelle parole avrebbero colto di sorpresa Owen se lui non fosse stato ancora concentrato su Hill. Quel tipo non gli piaceva e non riusciva a capire perché. Ma visto che Stasia non aveva domande, la riunione era terminata. Gli agenti della sicurezza si alzarono e cominciarono a uscire ordinatamente dalla stanza.

Owen avrebbe dovuto manifestare le sue perplessità su Hill? O era in allerta e stava solo esagerando?

Hill arrivò alla porta e si guardò alle spalle, il viso semicoperto da una delle profonde ombre della biblioteca. Quell'immagine fu sufficiente a scatenare in Owen un ricordo oscuro, che non sarebbe mai stato in grado di rimuovere.

Come poteva una persona dimenticare la notte in cui la sua vita era cambiata per sempre?

La foresta era fitta. Le ombre, ancora più fitte. Torce tremolanti nella brezza leggera rischiaravano appena la radura intorno a loro. Sembrava una cosa uscita da un'antica fiaba. La Foresta Nera, la magia maligna, i simboli spaventosi scolpiti negli alberi secolari e l'odore di morte nell'aria.

Un momento Owen stava tornando alla base, il momento dopo si era svegliato, legato con una corda spessa e quasi incapace di muoversi.

C'era della vernice rossa – sperava che fosse vernice – dappertutto sulle braccia nude e sul petto, e la tavola di legno sotto di lui sembrava consumata da anni di utilizzo.

All'inizio riuscì a malapena a intravedere delle sagome sul bordo della zona illuminata, poi fu certo che fossero demoni mandati per trascinarlo all'inferno. Owen non era mai stato religioso in modo convinto. Fino a quel momento. Avrebbe pregato tutti i santi perché lo salvassero.

Ma non stava arrivando nessuno.

Nell'oscurità vide una sagoma che indossava una gigantesca pelliccia di animale, con la testa e tutto il resto, come una tunica. C'erano altre figure impellicciate, ma in mezzo a loro c'erano persone dall'aspetto normale, uomini e donne in divisa e armati.

Owen riemerse da quel flashback sobbalzando sul divano, riuscendo a stento a trattenere un rantolo.

"Stai bene?" chiese Stasia.

"Sì, bene." Come avrebbe dovuto rispondere? *Penso che uno dei tuoi agenti di sorveglianza due anni fa mi abbia rapito e trasformato in un licantropo.* Certo, come no. Cominciava già a dubitare dell'esattezza del suo ricordo. Perché Russ Hill avrebbe dovuto essere là? E perché un tizio che avesse qualcosa a che fare con rituali segreti sui licantropi in Germania avrebbe dovuto diventare un agente di scorta per un'ereditiera a New York?

D'altra parte chiunque avrebbe potuto chiedere perché un licantropo fosse la guardia del corpo dell'ereditiera americana. Owen avrebbe potuto rispondere solo che il mercato del lavoro era strano.

"Avevi già visto quegli agenti di sorveglianza prima di oggi?" Non era disposto a liquidare quel ricordo come una fantasticheria. Il semplice fatto che non riuscisse a trovare una ragione per cui Hill fosse stato in Germania non significava che non ce ne fosse neanche una.

Lei scosse la testa. "No, sono gli uomini di mio padre. Mi devo preoccupare?"

"No. Sono sicuro che è tutto a posto." Doveva riflettere più a fondo prima di dire qualcosa su Hill. Accusarlo senza altre informazioni poteva aprire un vaso di Pandora che non era pronto ad affrontare.

Probabilmente avrebbe dovuto parlarne con Gibson.

Ma Stasia si era incuriosita e non voleva lasciar perdere. "Davvero? Sembra che tu abbia visto un fantasma."

Naturalmente lei era il tipo di donna che non può lasciar perdere una cosa del genere. Ma lui non voleva che lei si concentrasse su quella faccenda, e di certo non poteva spiegare la questione dei licantropi. Non ancora. Non a lei.

Era il momento di cambiare argomento. "Cosa intendevi dire quando hai parlato di Bermeja? È nei Caraibi, giusto? Il mio dossier dice che hai vissuto là per un po'. Cos'eri, il medico di un resort o qualcosa del genere? Facevi la bella vita?"

Lei scattò in piedi e fece un passo verso di lui, con gli occhi grigi brucianti di indignazione. "Scusami?"

Aveva detto qualcosa di sbagliato. Lo sentiva. Ma ormai non c'era modo di tirarsi indietro. E una parte di lui voleva vedere come se la sarebbe giocata. Sembrava una degna avversaria. "Anche tuo fratello ha concordato sul fatto che a Bermeja ti è successo qualcosa." Si scostò dal muro a cui si era appoggiato e le si avvicinò.

Lei non arretrò. Anzi, la vicinanza di lui la infiammava ancora di più. "Sono stata quasi rapita, ma non ci sono arrivati vicini come il tizio di ieri." Lo disse con quel genere di distacco tipico di quando si racconta una storia terribile più e più volte. "E stavo fornendo supporto medico dopo che uno degli ospedali dell'isola era stato distrutto dall'uragano Charles, qualche anno fa. Non c'era molto tempo per sorseggiare Mai Tai sulla spiaggia, temo."

"Ah." Avrebbe dovuto leggere meglio il dossier. E avrebbe dovuto rileggerlo dopo averla conosciuta. Niente, nella donna che aveva seguito per tutto il giorno, corrispondeva all'immagine mentale di lei che si era costruito. Doveva smettere di giudicarla in base a ciò che si aspettava.

Ma ormai Stasia era lanciata. "Ho capito. Pensi che io sia una principessa viziata con troppi soldi e un paparino pronto a intervenire a spada tratta per risolvere ogni problema."

Lei aveva voglia di litigare, e lo shock per la vista di Hill e per il flashback era ancora fresco nella sua mente, tenendolo in tensione. Owen sapeva che avrebbe dovuto ridimensionare quello scontro, ma era al limite e voleva di più.

Fece scorrere un mano sul legno di ciliegio di una delle librerie. "Questa casa ne è sicuramente una dimostrazione. Quanto costa? Tre, quattro milioni?" Lui divideva un alloggio con Andre nel Queens, e anche lì l'affitto era vergognoso.

Lei scosse la testa. "Non devo giustificarmi con te."

In qualche modo avevano finito per trovarsi vicinissimi. Tutto ciò che Owen doveva fare era allungare la mano e attirare a sé il corpo di lei prima di coprirle la bocca con le labbra dandole il bacio rovente che meritava.

Lei stava pensando la stessa cosa. I suoi occhi scesero sulle labbra di Owen prima di tornare a incontrare il suo sguardo. Era una sfida, quella che lui aveva intravisto? O era in uno stato di agonia tale da non essere obiettivo?

Il suo lupo guaiva e raspava sottopelle, implorandolo di prenderla, di farla sua. Voleva che lei portasse il suo marchio, voleva che tutti sapessero che lei gli apparteneva. Era un istinto primitivo di possesso che Owen non aveva mai provato prima di quel momento.

Ne era terrorizzato, eppure non riusciva a liberarsene.

Stasia sollevò una mano, a pochi centimetri dal suo petto. Lui vi si appoggiò e sentì il proprio cuore battere contro il suo palmo.

Lei si inumidì le labbra con la punta della lingua. Stava succedendo. Niente al mondo era abbastanza forte da separarli.

Niente, a parte la brava dottoressa stessa.

Scostò improvvisamente la mano e fece due passi indietro fino a trovarsi sulla soglia della porta della biblioteca. "Resto qui per la notte. Niente più fughe. Puoi dormire nella stanza degli ospiti."

Stava scappando. Lei sentiva il calore che pulsava fra loro. Lo voleva quanto lui voleva lei. Ma stava scappando.

E il lupo bramava la caccia.

8

CAPITOLO OTTO

Cazzo, era fuori di testa? Durante tutta l'ora trascorsa dalla riunione con gli uomini della sicurezza, Stasia era rimasta nascosta nella sua stanza. Poteva fingere di averlo fatto perché si trattava della stanza più sicura di casa sua, ma non era certa che quella fosse la verità. Anzi, decisamente non lo era.

Si stava nascondendo da Owen.

Sentiva ancora il calore del suo corpo sulla mano, l'impronta della sua pelle e dei suoi muscoli, anche se la camicia aveva impedito il contatto diretto. E ora riusciva solo a immaginare che sensazioni avrebbe provato se quella camicia non ci fosse stata. Lui era tonico come pensava? Aveva peli sul petto in cui far giocare le dita? O era tutto liscio e levigato?

Pensarci la faceva impazzire. Erano solo ormoni e libido repressa. Non andava a letto con nessuno da... oddio, non riusciva a ricordare l'ultima volta che aveva fatto sesso. Non era esattamente un tipo da coccole e le relazioni non erano facili. E le avventure di una notte? No, grazie. Aveva bisogno di conoscere i suoi compagni di letto.

Lei non conosceva Owen, ma questo non sembrava importare né alla sua mente né... alle sue parti intime.

Sentì l'acqua della doccia che scorreva, e lei avrebbe potuto immaginare che aspetto avrebbe avuto Owen tutto nudo sotto il getto caldo. Ma non aveva intenzione di farlo. Era un suo dipendente. Sarebbe stato inquietante. C'era una dinamica di potere che non poteva essere ignorata.

E quello era solo un cumulo fumante di stronzate e di *scuse* che Stasia era certa si sarebbero dissolte la prima volta che avesse nuovamente posato gli occhi su di lui.

Ma se Owen era sotto la doccia, lei avrebbe potuto sgattaiolare al piano di sotto senza il rischio di vederlo.

Questo era un bene. Se lui avesse potuto essere la sua ombra invisibile per tutta la settimana seguente, sarebbe stato assolutamente e fottutamente *fantastico*. La sua vita stava sbandando fuori rotta e lo stesso stavano facendo i suoi ormoni, e lei doveva riprendere il controllo di qualcosa.

La cena. La cena era qualcosa che poteva controllare.

Si sentì una prigioniera in casa sua quando uscendo dalla sua stanza si fermò davanti alla porta ascoltando attentamente per assicurarsi che l'acqua stesse ancora scorrendo. Sì, scorreva. Sperò che a Owen piacessero le docce lunghe. Non avrebbe lesinato sull'acqua calda.

Davvero l'aveva toccato in quel modo?

Si erano veramente quasi baciati?

Stasia non riusciva a toglierselo dalla testa, e continuava a flettere involontariamente la mano come se questo avesse potuto cancellare il ricordo del suo corpo.

C'erano mille storie di donne che conosceva che si impelagavano in relazioni con le loro guardie del corpo. Non era esattamente una novità. Ma sembrava un tale stereotipo... La povera piccola ragazza ricca viene minacciata. Un uomo grande, forte e sexy si materializza per proteggerla. Finiscono a letto insieme per poi ritrovarsi invischiati in un mucchio di emozioni incasinate.

No, grazie.

Finì degli avanzi e cercò di togliersi Owen dalla testa, anche se le venne in mente che avrebbe dovuto dargli da mangiare. Tirò fuori da un cassetto un blocchetto di post-it e ne attaccò uno sul frigorifero, in cui lo invitava a sentirsi libero di prendere tutto ciò che voleva.

Una volta sbrigati i suoi doveri di ospite, si sedette al piccolo tavolo della cucina e meditò su cosa avrebbe fatto per il resto della settimana. Aveva in programma altri due turni di volontariato alla clinica, ma non poteva portare là le sue stronzate. Scrisse una e-mail al suo supervisore per comunicare che per quella settimana non sarebbe andata.

Ecco. Programma cancellato.

Quanto era deprimente quella situazione?

Sapeva già che non avrebbe visto Luna e non le venne in mente nessun altro amico da chiamare. E i suoi fratellastri? Si vedevano a malapena ogni tanto. L'unica che incontrava con una certa regolarità, oltre ad AR, era

Emerald, ma la sua sorellina in quel momento se la stava probabilmente spassando in qualche città lontanissima.

Stasia ripulì tutto dopo aver mangiato e si mise in ascolto, soddisfatta nel sentire che l'acqua stava ancora scorrendo. Poteva sgattaiolare di nuovo al piano di sopra.

Odiava il fatto di volersi nascondere, e si rammaricò di aver promesso di non scappare più. Ma doveva comportarsi da adulta e affrontare la cosa. Lui stava a casa sua; ciò significava che si sarebbero visti.

Stasia fece alcuni respiri profondi per razionalizzare. Provare un po' di desiderio non era niente di grave. Sul serio. Doveva solo accantonare i pensieri su Owen e affrontare la cosa.

Ma mentre saliva le scale si accorse che l'acqua aveva smesso di scorrere. Provò a convincersi che non aveva importanza. Lui era in bagno, non l'avrebbe incontrato.

La porta del bagno era aperta.

Owen era in piedi di fronte allo specchio, con un asciugamano avvolto precariamente intorno ai fianchi.

Stasia si immobilizzò sui suoi passi. Non avrebbe voluto farlo, sapeva che la cosa giusta da fare era continuare per la sua strada. Ma nessuna forza nell'universo avrebbe potuto costringerla ad andare oltre, in quel momento.

Rivoletti d'acqua gocciolavano dai suoi capelli scuri e tracciavano un percorso lungo i muscoli e sulla leggera spolverata di peli sul suo petto luccicante. Lei arricciò la lingua in bocca per tenerla a freno, tanto era disperata la voglia di andare a leccare quell'acqua.

Owen si voltò e la sorprese a fissarlo, con gli angoli della bocca sollevati in un sorriso ferino. I suoi denti erano sempre stati così appuntiti? E da quando i suoi occhi erano diventati gialli? Non erano castani?

Lei era così lontana che non avrebbe dovuto essere in grado di vedere il colore dei suoi occhi, ma in quel momento la cosa non aveva importanza. Stasia si sentiva in trappola, una preda stordita da un predatore, senza possibilità di fuga. Era qualcosa di pazzesco. Di intenso. Eccessivo.

"Ti piace la vista?" chiese Owen. Stava usando un altro piccolo telo per asciugarsi il petto, e Stasia dovette mordersi l'interno della guancia per non reagire. Una sensazione di calore le si annidò profondamente dentro, e lei desiderò avvicinarsi, desiderò che Owen lenisse l'agonia che le stava provocando.

Doveva riprendere il controllo di quella situazione. Non aveva intenzione di saltare addosso a Owen, e sarebbe stato più facile tenere fede a ciò che si stava ripromettendo se smetteva di guardarlo. "Non puoi tenere la porta chiusa?" Sul serio? Era *quella* la sua brillante reazione?

Owen fece un risatina cupa, che fu come una carezza sui suoi luoghi più intimi. Se poteva provocare quel fremito solo con un suono, lei fu terrorizzata al pensiero di cosa avrebbe potuto farle se le avesse messo le mani addosso.

"Devi fare una doccia?" le chiese, gettando indietro la testa come se la stesse invitando a entrare in bagno con lui, a unirsi a lui sotto il getto d'acqua.

"Ho la mia." E dovette aggrapparsi a quel pensiero. Non avrebbe fatto nulla con Owen. Lui era in casa sua per proteggerla, non per entrare nelle sue mutande. Non aveva intenzione di oltrepassare quel confine. Non era giusto nei suoi confronti.

Non importava quanto il suo corpo le stesse urlando di farlo.

"Sarei felice di aiutarti." Quel sorriso da lupo si fece ancora più predatorio. L'avrebbe spaventata, se non fosse stato così sexy. "È il mio lavoro tenerti al sicuro."

Quell'osservazione in qualche modo fu il secchio di ghiaccio di cui aveva bisogno, più delle inutili considerazioni che aveva fatto lei stessa fino a quel momento. Owen era la sua guardia del corpo. Stava facendo il suo lavoro. Il suo lavoro non prevedeva di trasformarlo nel suo gigolò.

"C'è da mangiare in cucina," mormorò lei prima di sgattaiolare nella sua stanza.

Odiava continuare a scappare da lui, ma aveva paura di scoprire cosa sarebbe successo nel momento in cui si fosse fermata.

9
CAPITOLO NOVE

Owen respirò profondamente mentre guardava Stasia allontanarsi. La brama della caccia pulsava insieme al suo cuore, e dovette stringere forte il suo asciugamano per impedirsi di partire all'inseguimento, come se avesse abbastanza potere da immobilizzarlo dov'era.

Il suo lupo voleva strappargli la pelle per uscire e placcarla, prenderla, reclamarne il possesso finché anche lei non avesse capito che era *sua*. E lui non sapeva come gestire la situazione. Da quando il suo lupo si preoccupava delle donne che lui desiderava?

Compagna.

La parola era ruvida, quasi non umana, e certamente non sembrava una parola che Owen potesse usare. Non sapeva esattamente se l'avesse pronunciata ad alta voce o nella sua mente, ma aleggiava nell'aria, un concetto troppo grande perché lui potesse ignorarlo. Aveva provato a fare ricerche sui licantropi, ma non c'era molto materiale. Eppure, Owen si era già imbattuto in quella parola. Era qualcosa di reale? Era possibile?

Se il suo lupo avesse potuto esprimere un'opinione, avrebbe risposto di sì. Ma Owen non era convinto che il "suo lupo" fosse qualcosa di più della sua immaginazione che cercava di affrontare qualcosa al di fuori del concetto di normalità. Era un tipo accomodante. Non diventava possessivo, specialmente non nei confronti di una principessa a cui sarebbe stato vicino solo per una settimana.

E che razza di trovata era quella? Pavoneggiarsi di fronte a lei con addosso solo un asciugamano? Rivolgerle allusioni sessuali come se ne avesse il diritto? Avrebbe potuto licenziarlo per averlo fatto, e lui se lo sarebbe meritato.

Doveva riprendere il controllo.

Owen sbatté la porta e trasalì al rumore che fece contro il vecchio legno della casa di Stasia. Non doveva avere una forza eccezionale, ma stava cominciando a pensare di non sapere assolutamente un cazzo di cosa significasse essere un licantropo.

Afferrò i bordi del lavandino di porcellana e respirò a fondo, cercando di concentrarsi. Sollevò la testa e si guardò allo specchio.

I suoi occhi erano selvaggi e viravano a una tonalità dorata molto diversa dal suo normale castano. Owen li chiuse con forza e li riaprì di nuovo, come se potesse cancellare quel mutamento. Ma no, erano ancora dorati. Aprì la bocca per controllare i denti. Erano molto appuntiti? Non ne era sicuro.

E quello era un altro problema. Lupo e uomo erano un duplice stato. Lui era un uomo. Ed era un lupo. Non c'era una via di mezzo, tranne che nelle fasi della muta. Una delle prime cose che lui e i suoi compagni lupi avevano cercato di fare quando si erano trasformati la prima volta era stata sfoderare gli artigli come i personaggi dei fumetti.

Non aveva funzionato. Tutto ciò che Owen aveva ricavato dai suoi sforzi era stato un mal di testa.

Forse avevano cominciato mirando troppo in alto.

Ma Owen ora non voleva gli artigli. Chiuse gli occhi un'altra volta e si focalizzò sulla sua umanità. Respirò profondamente e si concentrò su pensieri umani: dita, birra, chiesa. Nessun lupo era mai stato trascinato a catechismo.

Funzionò. Quando li riaprì, gli occhi erano nuovamente di un rassicurante castano, e i denti sembravano... denti.

Scongiurata la crisi, Owen si asciugò il più velocemente possibile, facendo del suo meglio per ignorare la sua erezione. Doveva farlo. Il suo lavoro dipendeva da quello.

E forse anche la sua umanità.

Avrebbe dovuto scusarsi con Stasia?

Owen non era certo di cosa lei avrebbe voluto, e non voleva peggiorare le cose. Lei era stata sul punto di baciarlo in biblioteca, ne era certo.

O forse era il suo lupo a vedere ciò che voleva vedere.

Avrebbe improvvisato. E si sarebbe comportato bene. Basta giochetti.

Ovviamente la sua determinazione fu messa alla prova nel momento stesso in cui uscì dal bagno. Il suo lupo lo strattonava verso la porta chiusa della stanza di Stasia, ma Owen resistette, combattendo la forza di quella tentazione finché non si fu rifugiato nella sua camera da letto.

Non era un granché: un letto matrimoniale, un armadio e una piccola finestra che si affacciava sul parco. Molto più tranquilla di qualsiasi stanza del suo appartamento. I rumori della città si sentivano a stento. Poteva quasi fingere di essere tornato alla fattoria di Gibson.

E forse Gibson era proprio la persona di cui aveva bisogno. Owen tirò fuori il telefono e digitò il numero.

"C'è qualcosa che non va?" abbaiò il maggiore non appena furono in linea.

Owen aggrottò la fronte. "Che non va? Perché?" Se aveva bisogno di un consiglio avrebbe chiamato Gibson, era così che funzionava. Lui era il suo... capo. Rifuggivano dall'altra parola utilizzata da tutta la narrativa sui licantropi.

"Sei già operativo."

"Da qualche ora. Sto chiamando per farle sapere che abbiamo stabilito una rotazione con la squadra di sorveglianza e che la cliente ha accettato la scorta per una settimana." Ora che stava parlando, si chiese se sentisse veramente il bisogno di accennare anche a tutto il resto. Aveva avuto un momento di follia. Succedeva a tutti. Davvero, ormai si sentiva bene.

Ma Gibson aveva un sesto senso magico per capire

quando Owen nascondeva qualcosa. "So già tutto. Cosa succede, Myers?"

Gli sembrò strano tirare fuori l'argomento. Il maggiore era come un padre per il loro piccolo gruppo, e Owen non aveva mai parlato di sesso con i suoi genitori. Erano una devota famiglia cattolica. Ignoravano quella merda finché non scoppiava loro in faccia, proprio secondo il volere di Dio. Era abbastanza sicuro che i suoi genitori pensassero che fosse ancora vergine.

Ma Gibson non era suo padre. Doveva dirglielo. "Il mio lupo si sente strano." Tutti loro gli raccontavano le proprie strane stronzate da licantropo quando si verificavano.

"Il tuo lupo? Cosa significa?" Non c'era nessun giudizio nel suo tono, solo confusione.

"Lo sa cosa intendo. Il tizio peloso dentro di me. Quattro zampe. Ulula alla luna." Owen si rese conto che forse stava parlando abbastanza forte da rischiare che Stasia lo sentisse, e abbassò la voce. *Non* voleva che la sua comp... la sua cliente sentisse quella conversazione.

"Lo consideri come un'entità separata?" Immaginava Gibson annotare il tutto su un fascicolo come se Owen fosse un affascinante esemplare da studiare.

"Di solito no. Ma oggi ho proprio quell'impressione. È normale?" Sperava che il maggiore avesse delle risposte. Non che avesse più esperienza da licantropo rispetto a loro, ma a volte sembrava così. Aveva quel tipo di presenza.

Gibson scoppiò a ridere. "Siamo licantropi. Ci siamo lasciati la normalità alle spalle molto tempo fa."

"C'è qualcosa in..." Non voleva nominare Stasia. Il suo lupo voleva proteggerla gelosamente e tenere chiunque lontano da lei. Lei era *sua*. Ma la conosceva solo da un giorno. E se Gibson avesse potuto spiegargli cosa stava succedendo? E se avesse potuto rimediare?

"In cosa?"

Doveva dirlo. Lei era la sua cliente. Gibson era il suo capo. E non aveva intenzione di mentirgli. "Nella cliente. Stasia... ehm... la dottoressa Nichols." In genere non davano del tu ai loro clienti, e Owen sperò che il suo passo falso non fosse stato troppo evidente.

Sembrava di no. A volte conveniva essere un po' più allegri e informali. "Cosa c'è in lei?"

Come avrebbe dovuto spiegarlo? Non riusciva quasi a spiegarlo nemmeno a se stesso, anche se stava succedendo proprio a lui. "Il mio lupo... Io... Lei è molto attraente."

"Non è la prima bella donna che hai dovuto proteggere. C'è altro?" Qualcosa nella voce di Gibson rendeva Owen sospettoso, come se il maggiore sapesse e non avesse detto cose di cui Owen non era a conoscenza. Per qualche ragione.

"Non lo so." Provò a ripensare ad altre sue clienti, ma nessuna reggeva il confronto con Stasia. Potevano anche non essere mai esistite.

"Vuoi essere rimosso da questo incarico?"

Il suo lupo riprese vita dentro di lui, al pensiero. Rinunciare a Stasia? Mai. "No," ringhiò.

"Myers," disse Gibson come avvertimento, lasciando emergere un po' del brontolio del suo stesso lupo.

Fu sufficiente a normalizzare nuovamente il respiro di Owen. "Sto bene. Glielo assicuro." Prima di quel momento non aveva mai ringhiato a Gibson, né a *nessun altro*, soprattutto non in forma umana. Doveva essere un male. Cosa c'era di così speciale in Stasia? Perché non riusciva a controllarsi con lei?

Il maggiore lo prese in parola. "Contattami se cambia qualcosa. Dobbiamo tenere traccia di tutto ciò che fanno i nostri lupi. Siamo gli unici licantropi dell'universo. Non c'è un libretto di istruzioni.

Era la verità. *Teen Wolf* non era stato molto utile per insegnare a Owen cosa significasse essere un lupo. Gibson chiuse la comunicazione, e Owen si rese conto che era stato così preso dalle sue emozioni per Stasia che aveva dimenticato di parlare di Hill.

Cazzo.

Considerò la possibilità di richiamare, ma non lo fece. Non poteva provare che Hill fosse stato là quella notte. Tutto ciò che aveva era un ricordo sbiadito accompagnato da un brutto presentimento. Con il suo lupo così fuori controllo, non voleva dare a Gibson altri motivi di preoccupazione.

Erano *davvero* gli unici licantropi esistenti?

La sua mente si impuntò su ciò che aveva detto il maggiore, e lui cominciò a farsi delle domande. Erano stati deliberatamente trasformati in licantropi... per qualche motivo. Presumibilmente chi aveva provocato la muta sapeva che sarebbe successo. Quindi quella era stata la prima volta? O in giro c'erano altri gruppi di persone che pensavano di essere *a loro volta* gli unici licantropi sul pianeta?

E se ci fossero stati licantropi non creati con la magia? In nessun libro o serie televisiva la cosa funzionava in quel modo. I morsi dei licantropi erano contagiosi? Se lo chiedevano tutti, ma non c'era un modo eticamente corretto per verificarlo.

Concentrarsi sugli enigmi della sua esistenza lo avrebbe fatto impazzire più del suo desiderio per Stasia. Ma aveva bisogno di risposte su almeno uno di quei misteri, o temeva che il suo lupo gli avrebbe strappato la pelle per uscire e iniziare a cercare risposte lui stesso.

10

CAPITOLO DIECI

Stasia doveva smettere di pensare a Owen in senso erotico. Il suo corpo era più smanioso che mai, e la sua mente continuava ad elaborare piani per rendere accettabile l'idea di fare sesso con lui. Lei non faceva cose del genere. Non *pensava* a cose del genere.

Eppure si era svegliata ansimando per ben due volte mentre sognava quello che Owen avrebbe potuto farle.

Quell'uomo sembrava avere una lingua audace e lei voleva scoprire se era vero.

Ma doveva dimenticare quei sogni e quelle fantasticherie sui giochi di lingua. Era un suo dipendente, la sua guardia del corpo, e anche se non lo pagava non aveva intenzione di approfittarne. Non sapeva nemmeno più quante volte avesse dovuto ripeterselo per mantenere saldo quel proposito. Diecimila? Forse il numero nemmeno esisteva.

Era stata fottuta.

E non da Owen.

Passò la mattinata a fare del suo meglio per ignorarlo. Iniziò la giornata con lo yoga e una sana colazione, cercando di non pensare al fatto che Owen era proprio in fondo al corridoio. Dopo la colazione esaminò alcuni documenti inviati dal suo commercialista che riguardavano le donazioni di beneficenza del mese corrente.

E a quel punto le cose da fare erano terminate.

Stasia odiava annoiarsi. A lei faceva bene il pronto soccorso, con il suo caos di dolore e guarigione. In una mattina come quella avrebbe potuto prendersi a calci per aver lasciato l'ultimo ospedale. Era sembrata una cosa nobile sacrificare il suo posto di lavoro piuttosto che perdere un altro medico o qualche infermiera a causa dei tagli al budget.

Ma doveva capire cosa avrebbe fatto in seguito.

Sicuramente qualche altro pronto soccorso della città aveva bisogno di un medico. Non che avesse intenzione di fare domanda mentre qualcuno stava cercando di rapirla. Ma era ora di ricominciare a far conoscere il suo nome.

Anche se non era sicura che fosse ciò che voleva fare nella vita.

Quella era la cosa che meno rimpiangeva nell'aver lasciato quel lavoro. Sì, lei adorava il caos, ma odiava le politiche dell'ospedale. Sacrificare il suo posto per salvare lo stipendio di un'altra persona non era stato un atto del tutto disinteressato.

Ma quali erano le altre opzioni? Uno studio privato? Un altro viaggio umanitario? Studiare medicina non l'aveva preparata a quella crisi nella sua carriera.

O forse aveva ignorato qualsiasi aiuto potesse esserle offerto. Suo padre aveva sempre ritenuto che voler essere troppo indipendente non le giovasse.

Girare per casa significava vedere Owen, ma pensare al futuro della sua carriera era sufficiente a farla impazzire. In quel momento preferiva avere a che fare con la sua guardia del corpo.

La sua casa era grande per gli standard di New York ma questo non significava che fosse effettivamente così grande. Ogni volta che usciva da una stanza, Owen era lì. Certo, quello era il suo lavoro, ma ciò non lo rendeva meno fastidioso.

Perché aveva dato il suo assenso a quella situazione?

Decise di fare un po' di ordine. Normalmente aveva qualcuno che veniva a pulire una volta alla settimana, ma quella era un'altra cosa che aveva dovuto essere eliminata da quando era in pericolo. Si fidava del servizio che aveva assunto ma era un punto di possibile accesso talmente scontato che aveva cancellato l'appuntamento di quella settimana prima ancora che Owen si presentasse. Non era del tutto inconsapevole dei guai in cui si trovava.

Ma Stasia era già relativamente ordinata, e non c'era molto da mettere a posto. E Owen era *proprio lì*.

Si arrese. Non c'era modo di ignorarlo, e non poteva far comparire dal nulla cose da fare. Si rivolse a lui, che era seduto su uno dei divani della biblioteca. "Vuoi guardare qualcosa?" Raccolse un telecomando e premette un pulsante per aprire l'armadio dove era discretamente tenuto nascosto il suo televisore.

Lui ebbe un moto di sorpresa nel vederlo. "Credevo che tu venissi qui a leggere."

Stasia sentì uno strano bisogno di giustificarsi. "Guardo la televisione anch'io. Sono una persona normale."

Owen inclinò la testa di lato e le lanciò un'occhiata indagatrice. "Non avevo mai incontrato una persona normale come te prima d'ora."

"Cosa vorrebbe dire?" Stasia si sedette all'altra estremità del divano. Non ci teneva a sedersi accanto a lui se avesse detto qualcosa di cattivo, ma voleva veramente guardare la televisione.

Lui fece un elenco di osservazioni contando sulle dita. "Padre miliardario. Nove fratellastri. *Reale* carriera lavorativa nonostante la ricchezza di famiglia. Missione umanitaria. Devo continuare?"

Lei non avrebbe saputo dire se stesse cercando di insultarla o di farle un complimento. Se non ne avessero parlato il giorno prima, lei avrebbe preso gli ultimi punti per dei complimenti. Non sapeva come gestirlo se lui avesse voluto essere gentile. Poteva affrontare i loro scambi di battute pungenti. Ma le sue ginocchia avrebbero ceduto se lui si fosse rivelato anche una brava persona.

E lei stava cercando di ignorare i suoi sentimenti.

Owen sorrise di fronte al silenzio di lei e i suoi occhi iniziarono a brillare. Era davvero così ben disposto? L'aveva giudicato male? Sarebbe stato abbastanza facile ignorarlo. Tutto ciò che Stasia avrebbe dovuto fare era accendere il televisore e chiudere la conversazione.

Ma non ci riuscì. "Allora, qual è la tua storia? Non sembreresti una guardia del corpo." Quelle che aveva assunto in passato erano state estremamente distaccate e professionali, per tutto il tempo. Una caratteristica positiva in qualcuno che stesse cercando di proteggerla, ma non esattamente memorabile. Ma in Owen c'era qualcosa di particolare, qualcosa che glielo faceva desiderare fisicamente *e* che le faceva venire voglia di sedersi accanto a lui a guardare la televisione.

Lui sospirò e fece una smorfia. "*Non* era quello il piano."

Non era così che andava la vita? Ma ora che lui aveva cominciato a raccontare qualcosa di sé, lei voleva saperne di più. "So un paio di cose sui piani che cambiano. Quale era il tuo? All'inizio?"

Lui allungò un braccio sullo schienale del divano e passò le dita sul rivestimento di pelle rossa. Sembrava che qualcosa in lui fosse sempre in movimento. "L'esercito, per un po'. Non ho mai pensato molto ad altro, oltre a quello."

Lei lo guardò, lo guardò *davvero*, e provò a immaginarlo in divisa su un campo di battaglia da qualche parte. Non lo vedeva bene in quella veste. "Hai fatto carriera?" Del resto, anche lei non sembrava sempre adattarsi ai posti in cui voleva essere.

Ma lui scosse la testa. "Non avevo intenzione di arrivare a tanto."

Stasia si girò maggiormente verso di lui e posò il telecomando sul tavolino. "Da quanto tempo ne sei uscito?"

Un'ombra scura gli passò sul viso, così velocemente che lei non era sicura di averla vista davvero. "Due anni."

"Non sembra che tu l'avessi in programma." Ma forse a Owen non piaceva pianificare il futuro, forse lasciava semplicemente che le cose accadessero.

"Infatti."

"Ti va di dirmi cos'è successo?" Ora che glielo stava chiedendo, voleva disperatamente saperlo. Percepiva qualcosa di segreto sotto la superficie e voleva portarlo alla luce, strato dopo strato, finché non avesse scoperto tutto.

Lui sollevò le sopracciglia e sorrise. "Te lo direi, ma poi dovrei ucciderti."

"Pensavo che dovessi proteggermi."

Lui emise un suono profondo e gutturale che smosse qualcosa in Stasia, qualcosa su cui lei non poteva permettersi di riflettere. Pericolo! Pericolo! Improvvisò un'altra domanda, alla disperata ricerca di un'ancora di salvezza per sottrarsi a quello scambio di seducenti provocazioni. "Ti piace New York? Vivi qui in pianta stabile?"

Lui affondò un dito in una delle impunture del divano e giocherellò col bottone decorativo al centro. Stasia cercò di non immaginare che sensazione le avrebbero dato le sue dita sulla pelle. "La sede di lavoro è New York. Io abito nel Queens. Sono cresciuto in New Jersey. Mi trovo bene."

Giusto. Alcuni parlavano di New York come della città più bella del mondo. Stasia concordava col giudizio di Owen. Si trovava bene. Era il luogo in cui viveva. Ma proprio come per il futuro della sua carriera, non sapeva se volesse lasciare le cose come stavano.

"Cosa ti ha spinto ad andare a Bermeja?" chiese Owen.

Quella domanda la prese alla sprovvista. Suo padre e AR l'avevano aggredita, pretendendo che non andasse. Em aveva invece insistito sul fatto che dovesse partire, giusto per farli indispettire. Ma nessuno aveva voluto sapere perché volesse andare proprio là. "Ho visto le devastazioni dell'uragano Charles e ho capito di dover dare una mano. Ho sempre voluto fare medicina d'urgenza e volevo andare in un posto dove ci fosse davvero bisogno di aiuto. L'inconfessabile segreto di molte missioni umanitarie è che necessitano di persone con i soldi per far funzionare le cose. Io avevo tutte le qualifiche e avevo fondi a cui attingere per farlo. Così sono andata. E per quanto folli, difficili e terribili fossero le condizioni sul posto, ho amato lavorare là. Aiutare le persone in quel modo. Mi sentivo come se fossi nata per farlo."

"Cosa intendi con questo?" Lui le si stava avvicinando, coinvolto dal suo racconto.

Stasia poteva quasi percepire la sabbia nell'aria, all'interno dell'ospedale di fortuna dove aveva lavorato. La ricostruzione sembrava non finire mai e un sottile velo di polvere aveva ricoperto ogni superficie. "Pensare in fretta. Improvvisare. Semplicemente far funzionare le cose. Ho davvero dovuto mettere alla prova le mie capacità fino ai limiti più estremi di ciò che avevo imparato, e ascoltare persone che non avevano frequentato scuole di medicina fichissime e dotate di ogni strumento tecnologico in cui si potesse mai sperare."

Il ricordo degli odori del posto fu annientato dal profumo del sapone di Owen. Quando si era avvicinato così tanto? Si era avvicinata *lei*? Doveva averlo fatto; erano entrambi protesi verso il centro del divano, riuniti come se fossero imprigionati l'uno nel campo gravitazionale dell'altra.

"E gli altri medici?" chiese lui, con le dita abbastanza vicine da poterla toccare, se solo si fosse allungato un minimo. "Hai conosciuto qualche filantropo carino che volesse salvare il mondo insieme a te?"

Stasia faticava anche solo a immaginare una cosa del genere. "Eravamo troppo impegnati per quello. E... beh. Io sono io." Era riuscita a stringere un'unica amicizia nella sua intera carriera di medico, e quell'amica era in procinto di abbandonarla per un altro lavoro.

Un'espressione confusa adombrò il viso di Owen e le punte delle sue dita le sfiorarono la spalla. "E questo cosa vorrebbe dire?"

Quella domanda mandò in confusione anche lei. Cosa c'era da spiegare? Lui era lì da un solo giorno ma doveva aver capito, no? La gente non si avvicinava a lei, e quelli che ci provavano si ritraevano rapidamente quando si rendevano conto che sotto la sua scorza ruvida non c'era alcun cuore tenero segreto. "Sono un po' caustica."

Lui la fissò in un modo che sembrava una carezza e la sua mano si mosse, quasi come se avesse intenzione di toccarle il viso. Lei voleva che lo facesse. Voleva che lui allungasse la mano e annullasse la distanza tra loro, per mettere fine a quella danza e placare la sete che aveva avuto di lui dal primo momento in cui l'aveva visto. Ma lui si fermò prima di toccarla.

Stasia era stanca di combattere. Che fosse una cosa appropriata o meno, avrebbe smesso di preoccuparsi. Appoggiò la testa sulla mano di Owen e lasciò che le sue dita le accarezzassero la guancia, chiudendo gli occhi per assaporare quella sensazione.

"Io non penso che tu sia caustica. Penso solo che tu sia straordinaria." Non aveva mai sentito parlare di sé in quel modo, quasi con devozione, e il cuore le batteva all'impazzata.

Aprì gli occhi e li fissò in quelli di lui. Ora erano castani, teneri e pieni di promesse. Doveva essere stato un gioco di luci a farli apparire dorati, la sera prima. L'atmosfera era carica di attesa. Bastava che uno di loro facesse una mossa.

Uno di loro la fece.

Forse entrambi.

Stasia non sapeva chi dei due, ma ora Owen la stava baciando e non le importava più. Lui le mise una mano sulla nuca e la tenne stretta a sé come se fosse un gioiello da custodire. Lei gli posò le mani sulle spalle ed esplorò con le dita i suoi muscoli forti, aggrappandosi a lui disperatamente, implorandolo con il suo tocco di non tirarsi indietro.

Owen gemette dal profondo della gola e un'ondata di calore montò dentro Stasia. Lei si spostò in avanti mettendosi a cavalcioni sulle sue gambe, completamente addosso a lui eppure desiderosa di un contatto ancora maggiore. Era un istinto carnale, selvaggio, *oltre* qualsiasi cosa avesse mai provato prima.

Quel ruggente inferno di desiderio avrebbe dovuto spaventarla, ma Owen la stava toccando, la stava baciando, e lì non c'era posto per la paura, non tra loro due.

La lingua di lui sfiorò la sua e fu lei a gemere, di rimando. Ci sapeva fare con la lingua. Stasia lo sapeva e voleva di più. Cosa avrebbe potuto farle se lo avesse avuto nel suo letto?

Un debole squillo li interruppe, ma Stasia era in confusione. Owen si irrigidì sotto di lei e si ritrasse. Aveva le pupille dilatate e le labbra gonfie. La guardava con un calore inestinguibile e Stasia desiderò stringersi di nuovo a lui ignorando chiunque stesse cercando di interromperli. Pensò che nessun uomo l'avesse mai guardata in quel modo.

"È il telefono," disse Owen, con voce roca di desiderio. "Potrebbe essere importante."

"Probabilmente non lo è." Lei avrebbe ignorato praticamente qualsiasi cosa se avesse significato che lui l'avrebbe baciata di nuovo.

Ma Owen era ancora la sua guardia del corpo e prendeva ancora seriamente il suo lavoro, anche con un'erezione intrappolata tra di loro.

Rispose al telefono e Stasia rimase impressionata da quanto suonasse professionale. Una parte di lei, maliziosa e appena risvegliata, desiderava giocare con lui, baciarlo e toccarlo, per vedere quanto tempo ci avrebbe messo il suo contegno a cedere.

Ma non sarebbe stato da lei. Non faceva cose del genere. Si allontanò, invece, e si passò le dita fra i capelli cercando di riportarli a qualcosa che si avvicinasse all'ordine.

Qualcuno bussò alla porta.

Stasia guardò verso l'ingresso come se ciò potesse rivelarle chi era. Non aspettava nessuno, ma confidò che il portiere non avrebbe fatto salire uno sconosciuto. Owen stava ancora parlando al telefono a bassa voce, così lei si alzò, pensando di controllare la telecamera di sicurezza.

Lui allungò fulmineo una mano e le afferrò il polso. "Vengo con te. Non rispondere."

Lei fu investita da una cascata di emozioni: frustrazione per il fatto che lui pensasse che fosse così stupida da aprire la porta alla cieca, paura che qualcuno fosse riuscito a eludere la sorveglianza del portiere, la testarda tentazione di rispondere solo per fargli un dispetto, e un po' di desiderio in più risvegliato da quel tono autoritario.

Non aveva intenzione di esaminare l'ultima cosa troppo da vicino.

Smisero di bussare.

Owen chiuse la chiamata e mise giù il telefono. "La sorveglianza stava controllando, hanno visto qualcuno salire."

"Non sto aspettando nessuno." Il cervello di Stasia era ancora un po' frastornato per via del bacio e le ci volle un momento per rimettere ordine tra i suoi pensieri.

Owen si mise proprio accanto a lei, dimenticando il concetto di spazio personale. "Qualcuno ha le chiavi? Pensavo avessi detto che non hai un uomo."

Un uomo? Cosa intendeva dire? Perché gli interessava? Beh... forse un motivo c'era. Era geloso?

Dei passi risuonarono nel corridoio e Owen si spostò davanti a lei. Chiunque fosse chiaramente aveva le chiavi, e c'erano poche persone di cui Stasia si fidasse così tanto.

Una donna bionda oltrepassò la porta della biblioteca e guardò Owen, poi Stasia oltre la sua spalla. "Sto interrompendo qualcosa?" chiese Emerald, sua sorella.

11

CAPITOLO UNDICI

Emerald Selby aveva un aspetto vagamente familiare, ma Owen non avrebbe saputo dire perché. Era una somiglianza con Stasia? Poteva essercene un accenno nella curva della mascella e nella forma del naso, ma con i capelli biondi che le ricadevano in morbide onde oltre le spalle e gli occhi azzurri come il mare, nei suoi colori non c'era molto che suggerisse una parentela.

Un residuo istinto di sopravvivenza gli impose di mettere una certa distanza tra sé e la sua cliente. Il suo lupo protestò, ma Owen riuscì a muovere qualche passo. Sentiva ancora il sapore di lei sulle labbra e ricordava la pressione del suo corpo su di sé mentre era a cavalcioni sulle sue gambe.

L'avrebbe baciata di nuovo. E quando l'avesse fatto, non sarebbero stati interrotti.

Il suo corpo bruciava di desiderio. Lui conosceva la lussuria. Era stato uno stronzo arrapato a volte in passato, ma non era niente in confronto a quello che provava quando si trattava di Stasia. Il suo lupo si agitava nella sua pelle. Voleva che la sorella di Stasia se ne andasse in modo che potessero tornare a ciò che erano destinati a fare.

Compagna.

Ancora quella parola. Si chiese se pensandoci ancora qualche altra volta avrebbe cominciato a crederci. Era possibile una cosa del genere? Lei era sua?

Sì.

Il lupo lo sapeva, anche se l'uomo stava ancora cercando di capire una cosa o due. Ma di certo un uomo non poteva dimenticare un bacio come quello, e non lasciava andare una donna come Stasia.

Non poteva legarsi a una cliente. Gibson probabilmente avrebbe dato di matto se avesse saputo cosa voleva Owen. Al diavolo le conseguenze, era pronto ad affrontare il mondo per avere la possibilità di stare al fianco di Stasia.

Se lei gliel'avesse concessa, quella possibilità.

Emerald avanzò in biblioteca tirandosi dietro una piccola valigia con le rotelle. Un trolley di un rosso accecante.

"Cazzo," disse Stasia, aggirando Owen per avvicinarsi a sua sorella. Guardò il trolley e poi di nuovo Emerald, come se sperasse di vederli sparire come per magia.

Emerald incrociò le braccia. "Ti sei dimenticata?"

"Cosa sta succedendo?" Lui e Stasia avevano esaminato gli impegni della settimana e lei non aveva menzionato quella visita. Dal punto di vista della protezione non era un grosso problema. Emerald era un membro fidato della famiglia e se avesse avuto cattive intenzioni nei confronti di Stasia non avrebbe avuto bisogno di farla rapire in strada, aveva le chiavi di casa sua. Dal punto di vista della sua erezione, invece? Pessima idea.

Stasia diede alla sorella un mezzo abbraccio. "Mi dispiace, Em. È successo un casino. Immagino che AR non ti abbia messa al corrente. Probabilmente è meglio se prenoti un hotel." Rabbrividì nel dare quel suggerimento, e Owen si chiese perché. Non c'erano hotel in città che non potessero permettersi, nemmeno se avessero voluto comprare l'edificio in blocco invece di prenotare solo una camera, e senza dubbio Em non avrebbe voluto trovarsi sotto tiro se fosse successo qualcosa.

Anche se Owen non avrebbe permesso che facessero del male a nessuna delle due.

Em scuoteva la testa, con l'aria risoluta e gli occhi sgranati. "Lo sai cosa succede quando vado in hotel." Fece una smorfia. "È molto meglio se sto da te..." Ci fu una pausa. "A meno che io non stia interrompendo una settimana di sesso."

"No!" Stasia oltrepassò Em, mettendo più distanza possibile tra se stessa e Owen.

Ciò lo disturbò un po'. Una settimana di sesso sembrava un sogno. Ma trovò quasi... carino, il modo in cui Stasia si era spostata più lontano. Da parte di qualche altra donna avrebbe potuto vederlo come un rifiuto, ma non da Stasia. Forse era solo il suo lupo che si abbandonava alle illusioni.

O forse c'era qualcosa di più del semplice desiderio.

Compagna.

Em spostò lo sguardo tra lui e Stasia, con un'espressione dubbiosa negli occhi spalancati. "Voglio dire, immagino che potrei stare nell'attico di papà. Basta che non ci sia Riley." Sembrava che di quell'idea fosse anche meno entusiasta di quanto lo fosse alla prospettiva di una camera in hotel.

"Riley è una delle vostre sorellastre?" chiese Owen. C'era l'intero albero genealogico nel dossier di Stasia, ma era intricato e lui non era bravo a ricordare i nomi. Ricordava solo vagamente una Riley.

"È la nostra matrigna ventitreenne," rispose Em con aria sprezzante.

Accidenti. Owen non sapeva come reagire a quella notizia. Sapeva che Stasia aveva trentaquattro anni e Em sembrava essere vicina ai trenta. Non era un segreto che Armand Selby si fosse sposato varie volte, ma Owen non aveva mai prestato attenzione all'età delle sue mogli. Era curioso di sapere cosa provasse Stasia in proposito, ma quello non era il momento di fare domande. Era chiaro che Em non ne fosse felice.

"Prima o poi dovrai accettarla," disse Stasia.

"Perché?" Em alla fine si stancò di stare lì in piedi, avanzò ancora e andò ad appoggiarsi alla scrivania di Stasia. Dalla facilità di quel movimento Owen dedusse che senza dubbio l'avesse già fatto un centinaio di volte. "Tanto non durerà molto. Ladra di nomi."

"Cosa?" Più Em parlava, meno Owen capiva. Cosa c'era che non andava in quella famiglia? Pensava che essere un licantropo lo rendesse strano, ma non era niente in confronto alla stranezza data dall'essere scandalosamente ricchi.

Nessuna delle due sorelle gli rispose. "Non ti farò stare da papà," disse Stasia. "Puoi stare qui. Owen è la mia guardia del corpo. L'altro giorno c'è stato un tentativo di rapimento. Papà e AR hanno insistito per farmi avere un babysitter. Solo per la settimana. Non pensano che ci vorrà più tempo per venire a capo della situazione." Non guardò Owen mentre aggiornava la sorella.

Lui non apprezzò il promemoria sulla scadenza a breve di quell'incarico. Ma una settimana, sei giorni ormai, erano un sacco di tempo. Non per allontanarla dalla sua mente. Un bacio era stato sufficiente a fargli capire che non sarebbe successo. Ma tutto ciò che doveva fare era convincerla a fare un tentativo con lui.

Sicuramente avrebbe desiderato promuoverlo da guardia del corpo licantropo a fidanzato licantropo.

Giusto?

Em spalancò gli occhi, questa volta per la sorpresa. "Un altro tentativo di rapimento? Perché ce l'hanno sempre con te?"

Sembrava offensivo, ma Stasia sorrise. "Sono un bersaglio facile. Tu non dovresti avere intorno uno stuolo di energumeni a questo punto?"

Em scosse la testa. "Ho dato loro la settimana libera. Ho solo bisogno di una settimana da persona normale. O almeno qualche giorno. Mi sembra di capire che la tua guardia del corpo sia piuttosto piacevole da guardare." Owen era un po' confuso sul perché Em necessitasse di guardie del corpo, e si chiese se la cosa avesse a che fare con il motivo per cui gli sembrava così familiare. Ma non riuscì a resistere alla tentazione di darsi un po' di arie per essere stato chiamato in causa da lei in quel modo.

"Tieni le mani a posto." Stasia pronunciò quelle parole in tono leggero ma vi si percepiva della gelosia, e Owen sgranò gli occhi. Forse era più vicino di quanto pensasse allo status di fidanzato licantropo.

"Oooh. Cosa abbiamo qui?" Em si scansò con una spinta dalla scrivania e si avvicinò alla sorella, sorridendo da un orecchio all'altro all'idea della possessività di Stasia su Owen.

Gli sarebbe piaciuto ascoltare il loro scambio di battute, ma lui sapeva quando fare la sua uscita. Le sorelle avevano bisogno di tempo per ritrovarsi, e non potevano farlo in scioltezza se lui se ne stava impalato lì. "Vi lascio sole," disse.

Ma mentre lasciava la stanza passò una mano sul braccio di Stasia, come per ricordarle che la questione tra loro era tutt'altro che chiusa.

12

CAPITOLO DODICI

STASIA PERCEPIVA ANCORA IL TOCCO DI OWEN MENTRE TORNAVA al divano e si sedeva. Con il viso un po' accaldato, diede un colpetto alla seduta accanto a sé perché Em la raggiungesse. Si aspettava che lui facesse la cosa più ovvia: ignorare tutto ciò che avevano appena fatto insieme e lasciare che le cose tornassero alla normalità.

Lei avrebbe riposto quel bacio nei meandri della sua memoria e l'avrebbe rivissuto ogni volta che avesse avuto bisogno di qualcosa che le restituisse un po' di carica. Ma si lasciò una possibilità di sognare che ci fosse qualcosa di più. Cos'era lei per Owen? Cos'era lui per lei?

Cosa potevano diventare l'uno per l'altra?

Tutto. Era un istinto terrificante ed esaltante, e lei era quasi certa che fosse giusto così. Se lei glielo avesse permesso, se lei avesse voluto, insieme potevano diventare tutto.

Con un solo tocco casuale lui aveva acceso le sue aspettative, e lei non vedeva l'ora di scoprire come pensava di procedere. Owen era diverso da qualunque uomo avesse mai frequentato o avesse mai baciato. E se le fosse entrato sottopelle, non sapeva se sarebbe stata in grado di lasciarlo andare.

Chi voleva prendere in giro? Lui le era già entrato sottopelle.

Em sprofondò sul divano accanto a lei e le rivolse uno sguardo luminoso e interrogativo. "Cosa succede? Stai sorridendo."

"Non succede niente." Stasia era irritata. Certo, stava abbandonandosi a pensieri positivi su Owen; non significava desiderare che Em si intromettesse e lo rendesse strano.

Ma Em aveva l'istinto della sorella minore e non aveva intenzione di lasciar perdere. "Continui a toccarti le labbra. Quei cuscini laggiù sono molto più in disordine di quanto tu possa mai sopportare. E quel tipo ti guardava come se avesse pensieri sconci e tu non hai fatto niente per farlo smettere. Quindi cosa c'è tra voi due? Guardia del corpo?" chiese beffarda. "Certo, come no."

"Lui *è* la mia guardia del corpo. Ci siamo solo anche baciati un po'." Stasia arrossì ancora di più nell'ammetterlo. Che senso aveva nasconderlo? Em avrebbe potuto essere Sherlock Holmes se la sua carriera musicale non fosse decollata."

"Oh mio Dio!" Rimbalzò su e giù sui cuscini in preda all'eccitazione. "Non sapevo che ce l'avessi dentro."

"Smettila." Voleva far giurare a Em di mantenere il segreto, ma avrebbe verosimilmente rischiato che la notizia venisse diffusa in famiglia per dispetto. Era più giovane di Stasia di otto anni e due matrimoni, e si erano avvicinate solo nel periodo in cui Stasia viveva nella stessa proprietà di Em, mentre lei studiava medicina ed Em era al liceo. Fra tutti i suoi fratellastri lei era la più vicina, e vedeva gli altri solo in rare occasioni, quando gli avvocati li radunavano o nelle occasioni importanti.

A proposito, pensò. "Andrai alla festa di compleanno?" Era una domanda un po' cattiva e il sorriso che aveva ancora al ricordo del bacio con Owen si trasformò nel ghigno sadico che solo una sorella maggiore poteva avere.

"Ti odio," rispose Em accigliandosi.

Uno a zero per Stasia. "Tu mi vuoi bene."

Era riuscita a far arrabbiare Em *e* a farla smettere di chiedere di Owen. Stasia la considerò una vittoria per tutti. "Ha rubato il mio nome. C'è posto per una sola Emerald Selby in questa famiglia, e sono io. Se cambia il nome della bambina, allora incontrerò quell'essere."

Stasia sobbalzò alla parola 'essere'. "Penso che tu stia andando un po' troppo oltre." Non doveva fare la pacificatrice, ma non voleva che sua sorella portasse rancore per sempre.

"Non sto andando oltre abbastanza." Il cipiglio di Em si fece ancora più scuro, come se se stesse progettando qualcosa di abietto per Riley.

"È una bambina. E non è colpa della bambina." Erano tornate sull'argomento ogni volta che avevano parlato della famiglia negli ultimi tre anni, e Stasia ormai aveva imparato a memoria le sue battute.

"Non ha un secondo nome con cui possa farsi chiamare?"

"Credo che tu ti stia comportando in modo più infantile di Riley. Non puoi costringerla a cambiare il nome, ormai. Quando la bambina sarà grande abbastanza magari vorrà farsi chiamare in qualche altro modo. Proprio come fai tu."

Stasia e la famiglia erano praticamente le uniche persone a chiamare Em col suo nome; persino Riley di solito si riferiva a lei con il suo nome d'arte, Mercy. Dare il nome ai figli era compito delle mogli, e quel piccolo malinteso fu il motivo per cui il loro padre si era ritrovato con due figlie di nome Emerald.

Em si smontò perché Stasia non la stava commiserando abbastanza. "E *tu* andrai al compleanno?"

Poteva anche essere l'unica Stasia della famiglia, ma ciò non significava che volesse andare alla festicciola di quella bambina. "Sto cercando di giocare la carta del tentato rapimento. AR non vuole abboccare. Se posso evitarlo, lo farò."

Em fece un'espressione corrucciata. "Siamo pessime?"

"Forse sì." Ma Stasia era piuttosto sicura che fosse normale voler evitare le riunioni familiari. Ogni film e show televisivo che parlasse di famiglie normali sembrava avere una trama in qualche modo correlata alla questione. I Selby non erano normali, ma potevano fingere.

Em si mostrò preoccupata, ma curiosa. "Quindi

questa volta il rapimento sarebbe dipeso da qualche stronzata di papà? Di nuovo?”

“Non mi vengono in mente altri motivi.” Al sicuro a casa sua, con sua sorella al fianco e Owen da qualche parte nell’edificio, non aveva paura, era arrabbiata. Il Selby Group aveva le mani in pasta in tutti gli affari, molti dei quali completamente illegali. Il primo tentativo di rapimento a Bermeja aveva avuto lo scopo di chiedere un riscatto. Stasia non sapeva se ora la motivazione fosse la stessa o se si trattasse di qualcosa di peggio. Aveva scelto di non usare il cognome Selby in onore di sua madre e per avere un po’ più di anonimato. A quanto pareva non era abbastanza.

“Sembri sicura che ne verranno a capo.”

AR ne era sembrato convinto, e Stasia al momento si fidava di lui. “Non voglio una guardia del corpo per il resto della mia vita.”

“Non è così male come sembra,” cercò di rassicurarla Em. Lei normalmente viaggiava con una mezza dozzina di energumeni che la tenevano a distanza dal pubblico, quindi era quasi strano vederla da sola.

“Ma alcuni di noi non sono sotto i riflettori.” I medici non avevano bisogno della stessa protezione delle rockstar.

Em scrollò le spalle. “Sono stili di vita.”

“Sei pronta per l’inizio del nuovo tour?” Ora che Em era lì, Stasia si era ricordata che stava per imbarcarsi in un tour nazionale di mesi. Quella settimana sarebbe stata per un po’ di tempo l’ultima occasione di godersi qualcosa che si avvicinasse al tempo libero.

Em annuì. "Sono emozionata. L'album è uscito in ritardo. Alcuni files si sono corrotti in fase di produzione e abbiamo dovuto registrare di nuovo tutto. Ma ora è tutto sistemato e il problema ha ritardato l'uscita dell'album solo di un mese. Presto sarò pronta per iniziare il tour."

"Sembri felice." E a Stasia faceva piacere. Em aveva lavorato duramente per scalare la vetta e lei non vedeva l'ora di sentire la sonorità dei nuovi pezzi.

"Abbastanza felice," rispose Em con un'alzata di spalle. Era stanca di parlare di sé. "Ora sputa il rospo su quell'Owen. Perché se non lo vuoi lo prendo io."

"Lui è mio." Quell'uscita fu così improvvisa e impetuosa da lasciarla scioccata. Stasia non era una persona possessiva. Aveva avuto un paio di relazioni in passato e solo una che avrebbe definito seria. *Quella* era finita in modo disastroso. Non aveva pretese su Owen, non esattamente, ma avrebbe lottato anche contro sua sorella per accaparrarselo.

Em ne fu entusiasta. "Sapevo che prima o poi ti saresti innamorata di qualcuno. Sarà bellissimo. Voglio i biglietti in prima fila."

"Guarda che so quanto li fai pagare tu, i biglietti in prima fila." Una cifra pazzesca. E i fan pagavano volentieri. "Quindi se li vuoi devi pagarli altrettanto cari."

Em le fece una linguaccia. "Come se ti importasse dei soldi."

"Ma tengo alla privacy." La cosa con Owen era nuova e fragile e lei non era un'esibizionista, soprattutto non quando era sua sorella a guardare.

"Sarebbe davvero così tremendo lasciar avvicinare qualcuno?" chiese Em.

"Non lo so. L'ultima volta che ci ho provato non è andata molto bene." La sua ultima e unica relazione seria risaliva ai tempi dell'università e della scuola di medicina.

"Non hai dimenticato Julian? Quel tipo era uno stronzo." E dire che Em non era nemmeno al corrente di tutto.

Julian aveva voluto i soldi e l'accesso ai Selby più di quanto volesse Stasia. Le ci era voluto troppo tempo per capirlo. "L'ho dimenticato. Solo che a volte i ricordi fanno ancora male." C'era qualche possibilità che anche Owen fosse così? Sapeva che lui la riteneva una ragazza ricca e viziata, o almeno che l'avesse ritenuta tale all'inizio, ma c'era altro sotto?

"Io dico che dovresti dare una possibilità a quest'uomo. Magari ti sorprenderà."

Lei non sapeva se lui l'avrebbe tradita, ma le aveva già preso il cuore. "Non so se riuscirei a fermarmi nemmeno se volessi."

13
CAPITOLO TREDICI

OWEN FU FELICE DI NON ESSERE STATO ESCLUSO DEL TUTTO. Dopo qualche ora di chiacchiere, lo invitarono a cenare con loro e a guardare un film. Il posto più adatto per l'occasione era sempre la biblioteca, e anche se il divano poteva abbondantemente ospitare tutti e tre, Em scelse di stare su una delle sedie, lasciando soli lui e Stasia.

Owen avrebbe potuto farle spazio tra loro due? Certo.

Ma il sapore di Stasia era impresso nella sua memoria e lui non voleva essere di un solo centimetro più lontano da lei di quanto fosse necessario. Non sapeva se lei lo avrebbe baciato di nuovo; poteva a malapena sperarlo. Ma sederle accanto era un buon inizio.

Aveva fatto una perlustrazione del perimetro e si era confrontato con la squadra di sorveglianza. Non poteva lasciare che i suoi ormoni lo intralciassero sul lavoro, e nessuno si sarebbe avvicinato a Stasia sotto il suo occhio attento.

Doveva tenere la sua compagna al sicuro.

Quel pensiero proveniva dalla parte più profonda della sua mente, quella dove il suo lupo si aggirava chiedendogli di farla sua, e al diavolo la sensibilità umana. Owen lo stava ignorando. Per il momento. Avrebbe dovuto escogitare qualcos'altro se il lupo si fosse fatto più insistente.

Ma il suono della parola *compagna* gli piaceva sempre di più.

Prese in considerazione l'idea di un confronto con Gibson, ma non era cambiato niente dal giorno prima e non voleva che il suo capo pensasse che aveva bisogno di essere tenuto per mano. Sapeva fare il suo lavoro.

Stasia rabbrividì e Owen stese su entrambi una coperta che aveva vicino. Non riuscì a interpretare lo sguardo che lei gli lanciò, e se la tosse stentata di Em significava qualcosa, quel qualcosa era che lei osservava ogni sua mossa.

Beh, pazienza.

Andre gli mandò un messaggio per fargli sapere che il lavoro di cui si stavano occupando Vega e Rowe stava andando per le lunghe e che avevano avuto un piccolo intoppo. A quanto pareva la coppia felice alla fine non era riuscita a raggiungere la destinazione della luna di miele e aveva bisogno di protezione per qualche altro giorno. Nel messaggio successivo gli diceva di non preoccuparsi.

Owen ignorò l'informazione. Se Andre lo stava aggiornando la situazione doveva essere almeno un po' seria, ma non sembrava che avessero bisogno che lui abbandonasse Stasia e quell'incarico. E ci sarebbe voluto molto più di una piccola difficoltà per indurlo a lasciarla.

Dove risiedeva la sua lealtà?

Lui sapeva che *avrebbe dovuto* essere rivolta al suo branco, le persone con cui aveva lavorato per anni e che avevano attraversato l'inferno sempre al suo fianco. Ma sentiva il calore del corpo di Stasia premuto contro il suo e non sapeva se sarebbe mai più stato in grado di allontanarsi da lei.

Quelle emozioni così intense e cresciute tanto velocemente avrebbero dovuto spaventarlo, ma Owen non aveva mai cercato di sfuggire ai suoi sentimenti in passato, e non aveva intenzione di iniziare in quel momento.

Non aveva idea di cosa stessero guardando. Una qualche commedia con attori che non riconosceva e che dicevano battute che probabilmente sarebbero state più divertenti se le avesse ascoltate.

La sua attenzione era invece rivolta al profumo di Stasia che lo avvolgeva e al calore della sua coscia.

Em disse qualcosa a proposito di un canarino che scatenò in Stasia una risata irrefrenabile, a cui si abbandonò a viso aperto.

Il cuore di Owen accelerò il battito a quella vista. Lei era seria per natura, anche un po' scontrosa, ma si era aperta quando sua sorella era apparsa e ora sprizzava gioia da tutti i pori. Desiderò che lei gli sorridesse nello stesso modo, e ne ebbe un assaggio quando si girò a guardarlo, come se si stesse accertando che lui avesse capito la battuta.

Non avrebbe potuto spegnere il sorriso che le rivolse nemmeno se ci avesse provato.

Sapeva che l'espressione di lei si sarebbe nuovamente incupita una volta che il film fosse finito o quando Em se ne fosse andata, ma la cosa aveva il suo fascino. *Tutto* ciò che riguardava la sua brillante dottoressa lo affascinava, e lui voleva scoprire tutto quello che c'era da sapere su di lei.

E poi lei lo sciocccò a morte mettendogli con noncuranza una mano sulla gamba e stuzzicando con le dita il suo interno coscia, con la coperta che nascondeva il tutto. Non fu incidentale, non poteva esserlo vista la leggera stretta che lei gli diede.

Owen si lasciò sfuggire un respiro fremente. La sua mente avrebbe anche potuto non prestare attenzione, fino a poco prima, ma ora il suo sesso si stava rianimando e fu grato che la coperta nascondesse tutto alla vista.

Con calma ingannevole lui allungò il braccio sullo schienale del divano e lo passò intorno alle spalle di Stasia.

Em fece un altro rumore, e se lui l'avesse conosciuta meglio avrebbe potuto scoccarle un'occhiataccia, ma aveva la sensazione che le cose sarebbero andate meglio per lui se fosse piaciuto alla sorella di Stasia.

Desiderò far scorrere le labbra sul suo collo e assaggiare la sua pelle morbida, ma significava spingersi troppo oltre e nessuna coperta avrebbe nascosto quel peccato di debolezza. Cercò di trovare una scusa, una qualsiasi, per far uscire Em dalla stanza, ma non ci sarebbe mai riuscito.

Stasia risaliva la sua coscia con le dita, e quella piccola carezza lo stava facendo impazzire. Era una perfida tentatrice.

Il film andò avanti ancora un bel po' e Owen lo seguì come meglio poteva, ridendo insieme alle due sorelle mentre Stasia lo torturava con le dita, diventando a un certo punto abbastanza coraggiosa da arrivare a sfiorare il suo sesso.

E poi i titoli di coda cominciarono a scorrere e il servizio di streaming li invitò a guardare il seguito del film.

"Vuoi guardare anche quello?" Stasia lanciò un'occhiata a Em come se non avesse le dita a un centimetro dall'inguine di Owen.

Em li fissò entrambi come se fossero pazzi. "Che schifo, no, praticamente riesco a sentire i feromoni. Sembrate due adolescenti."

Forse era vero, ma non doveva dirlo.

Stasia si irrigidì contro di lui, e Owen ebbe paura che si sarebbe tirata indietro. Ma non mosse nemmeno la mano mentre rispondeva. "Sei solo gelosa del fatto che io abbia un uomo sexy."

Lei lo trovava sexy. Sì, la cosa gli piaceva. Molto.

Em alzò gli occhi al cielo. "Vado a letto." Lasciò i due sul divano senza altre parole.

Soli. Finalmente. Ora Owen poteva prendere ciò che aveva bramato per tutta la sera. Si avvicinò, ma Stasia lo fermò con una mano sul petto.

"No?" Aveva male interpretato la situazione?

Ma Stasia risalì di nuovo la sua coscia con la mano, sfiorando la sua erezione, e lui gemette senza più preoccuparsi che Em capisse cosa stavano facendo.

Stasia fece un cenno con la testa in direzione dell'ingresso della biblioteca. "Mia sorella passerà proprio davanti alla porta se ha bisogno di scendere al piano di sotto." Le ante erano vetrate e non nascondevano nulla. "Perché non andiamo in camera mia?"

Cazzo, sì. Non si preoccupò di chiederle se fosse sicura. Lo sguardo nei suoi occhi e il tocco della sua mano glielo confermarono. Lo volevano entrambi, lo avevano voluto da quella che sembrava una vita, anche se si conoscevano solo da due giorni.

Due giorni? Due secoli? Non aveva importanza. Owen sapeva che ciò che provava era reale, e non si sarebbe preoccupato di correre troppo. Sperava solo che i sentimenti di lei fossero intensi quanto i suoi.

Mentre si alzavano lasciarono cadere la coperta, e Owen non poté resistere, il suo lupo affiorò quanto bastava per fargli prendere Stasia in braccio e portarla in fretta in camera sua.

14
CAPITOLO QUATTORDICI

Stasia era una donna posseduta.

Si aggrappò a Owen mentre lui la portava in camera da letto e si lasciò sfuggire un verso di sorpresa quando lui chiuse la porta sbattendola con un calcio non proprio gentile. Quella non era lei. Lei non faceva cose del genere. Ma quando si trattava di Owen, le si risvegliava dentro un qualcosa di selvaggio che pretendeva di essere liberato.

Voleva giocare.

Voleva lui.

Ed era stanca di negarsi.

La sua vita aveva preso una deriva folle. Lei non sapeva chi le stesse dando la caccia o cosa la settimana seguente le avrebbe riservato. Non poteva contare su niente, ma avrebbe accolto quell'unica certezza. Se anche tutto il calore che ribolliva fra lei e Owen si fosse smorzato il mattino seguente, avrebbe avuto quella notte. Avrebbe saputo cosa si provava a farlo suo.

Lui la depose sul letto e lei lo vide incombere su di sé. Lo fissò, chiedendosi cos'avesse fatto per essere così fortunata.

Il suo intero corpo era teso per il desiderio, sentiva i seni pesanti e il sesso impaziente di essere riempito. Era già bagnata e ancora non avevano fatto quasi niente. Owen aveva lanciato un incantesimo e lei avrebbe voluto che non si rompesse mai, non se la faceva sentire così.

Owen stava per sdraiarsi sopra di lei quando un'idea si impadronì di Stasia e lei sorrise. "Aspetta."

"Che cosa?" Non sembrava propriamente preoccupato, ma lei percepì un filo d'ansia, come se lui pensasse che avrebbe potuto interrompere tutto prima ancora che iniziasse.

Certo, come no. L'edificio avrebbe dovuto essere in fiamme, *seriamente* in fiamme, perché lei si fermasse. "Voglio vederti nudo." L'aveva immaginato da quando l'aveva visto coperto solo dall'asciugamano. Diavolo, fin da quando aveva posato gli occhi su di lui per la prima volta, ma ora era sicura che sarebbe successo e voleva riempirsi gli occhi di lui. Si spostò più indietro sul letto e si appoggiò sui gomiti, come una regina in attesa.

Lui si avvicinò di un passo e fu quasi sul letto. "Sarebbe questo l'obiettivo." La sua voce era diventata roca, piena di sensuali promesse.

"No. Ora." Le sembrò un po' strano prendere il controllo in quel modo. Lei era il suo capo, per così dire. Ma, se non altro, la scorrettezza rendeva il tutto dieci volte più eccitante.

Stava scoprendo una nuova perversione? O era solo Owen?

Gli occhi di lui si accesero quando lei gli impartì quell'ordine. Se quella era una perversione, almeno Owen mostrava di apprezzarla. Allungò una mano dietro la testa e si sfilò la maglietta nera per rivelare quel petto che l'aveva fatta impazzire. I suoi muscoli si contrassero e lei fu quasi certa che lo stesse facendo apposta, per mettersi in mostra.

A Stasia piacque da morire.

Il gel o qualunque altra cosa avesse usato aveva perso la tenuta e i suoi capelli erano lunghi abbastanza da arrivargli fin sugli occhi, dandogli un'aria giocosa. Non era una tecnica di seduzione da playboy. Nessun playboy sorrideva così apertamente.

Poi sparirono anche i pantaloni e gli slip e Stasia dimenticò di respirare.

Aveva visto altri uomini nudi in passato. Aveva avuto dei partner. Ed era un medico del pronto soccorso. La gente faceva cose strane con le proprie parti intime e lei aveva visto di tutto.

Ma Owen era veramente appetitoso.

Era quasi del tutto in erezione, non completamente duro ma ci era molto vicino, e il suo grosso membro usciva da una massa di peli scuri. Lei non riusciva a smettere di fissarlo. Lo voleva dentro di sé. Voleva sentire che sapore aveva. Voleva tutto.

Quello sarebbe stato anche per lei il momento giusto per spogliarsi. Owen era in piedi davanti a lei, completamente nudo, con il suo sesso in mano e pronto per altro, ma c'era qualcosa di potente nel rimanere vestita mentre il suo uomo era lì in piedi, esposto. Non voleva ancora rinunciare al potere.

Bastò fargli un segno piegando un dito perché si avvicinasse.

"Non posso vederti?" chiese lui. I suoi occhi apparvero di un castano più luminoso dopo che ebbe scostato i capelli con un movimento della testa. Sembrava *affamato*, come una specie di predatore, e lei era la sua preda, ma stava per metterlo in ginocchio.

"Mi stai già guardando." Ora lui era abbastanza vicino da poterlo toccare, e lei passò una mano sulla sua coscia e lungo la curva delle sue natiche spettacolari.

Owen gemette. "Lo sai che non è questo che intendo."

Stasia avrebbe potuto rispondere. Probabilmente avrebbe trovato qualche risposta pungente e perfetta per quel momento.

Invece leccò il suo sesso per tutta la lunghezza e poi ne prese la testa in bocca, facendo roteare la lingua intorno ad essa e memorizzando il suo sapore, terroso, mascolino, e *Owen*.

Lui sussultò e quasi cadde per la sorpresa, e Stasia considerò la cosa come una vittoria. Pensava ancora che fosse una principessa piena di sé? Gli avrebbe dimostrato che si sbagliava.

Anche se in realtà non c'erano perdenti in quel gioco.

Non riuscì a prenderlo tutto senza avere i conati. Era passato molto tempo dall'ultima volta che l'aveva fatto, e anche se aveva imparato la tecnica, Owen era grosso.

Ma si occupò con la mano di dove non arrivava la bocca, e lo succhiò fin dove poteva godendo dei disperati versi di piacere che lui stava facendo.

Avrebbe potuto farlo venire così. Non ci sarebbe voluto poi molto lavoro.

Il solo pensiero le faceva tremare il corpo di desiderio. Allungò una mano verso il basso e se la infilò nelle mutandine, accarezzandosi il clitoride umido.

Non voleva che Owen le venisse in gola. Aveva bisogno di lui dentro di sé.

E anche se era una tortura tirarsi indietro, lo lasciò andare e si sdraiò, lasciando la mano nelle mutandine perché lui la vedesse.

Gli occhi di Owen apparivano gialli, e sembrava che in qualche modo ci fosse qualcosa di *sbagliato* nei suoi lineamenti, ma tornò tutto normale con un battito di ciglia. Lei ansimava mentre si toccava e lo sguardo di Owen era come una carezza bollente, anche sei lui poteva vedere solo il contorno della sua mano.

"Sei crudele," le disse, toccandosi a sua volta, ma invece di accarezzare il suo sesso lo stringeva alla base, troppo vicino a venire per fare di più.

Stasia dovette tirare fuori la mano dalle mutandine. "Vuoi che mi fermi?" Non aveva nessuna possibilità di riuscirci. Non ora che Owen era lì, duro e perfetto.

"Mai." Sembrò una promessa.

"Vieni qui." Lo tirò giù sopra di sé e le loro labbra si scontrarono in un bacio più intimo del sesso. Se anche si fosse preoccupato di dov'era stata la bocca di lei fino a un momento prima, non lo diede a vedere.

Uomo intelligente.

Avrebbe potuto baciarlo tutta la notte, e lo avrebbe fatto se il suo corpo non avesse preteso di più. Poteva baciarlo più tardi, e se lo ripromise, purché lo avesse dentro di sé senza aspettare oltre.

Sì.

Sì, suonava molto bene.

In qualche modo riuscirono a liberare anche Stasia dei vestiti, e ogni centimetro di pelle che lei premeva contro Owen bruciava e chiedeva di più. Lui avrebbe potuto crearle dipendenza. Forse l'aveva già fatto. Qualsiasi pensiero sulla scintilla fra loro che avrebbe potuto spegnersi il mattino dopo era ormai lontano. Ora che aveva avuto un assaggio, non poteva più rinunciare a lui. Né ora, né mai.

Rotolarono finché Owen non fu supino con lei sdraiata sopra di lui e il suo sesso teso fra di loro mentre si baciavano. Lei lo prese fra le dita e lo accarezzò, ingoiando il suo gemito. Poi si mise proprio sopra di lui e fu solo grazie all'ultimo brandello di lucidità che si ritrasse.

"Preservativo?" Lei avrebbe potuto averne qualcuno nascosto da qualche parte, ma era troppo eccitata per riuscire a fare mente locale. Owen, invece, le sembrava il tipo di uomo sempre pronto. In altre circostanze avrebbe potuto fargliela pagare cara, ma in quel momento pregò di avere ragione.

"Portafoglio." La voce gli uscì gutturale, ed era talmente preso dalla sua erezione che non riuscì a dire altro, col risultato di farla eccitare ancora di più.

Stasia non voleva allontanarsi da lui. Se fosse stata

solo un minimo più smaniosa avrebbe potuto mandare al diavolo le conseguenze e andare subito fino in fondo. Invece si buttò giù dal letto fino a trovare i suoi pantaloni e lottò con le tasche finché da una di esse non spuntò un portafoglio di pelle. E dentro non trovò solo *un* preservativo, ne trovò tre.

"Dovrei essere gelosa?" Un conto era essere pronti, ma questo era un po' troppo.

"Sono tutti per te." Avrebbe dovuto essere una battuta di pessimo gusto. Lui era sdraiato sul suo letto, col sesso in mano, e la guardava con gli occhi castani dorati pieni di desiderio, ma faceva ugualmente battere forte il cuore di Stasia.

Non la prese bene.

Ma non si sarebbe tirata indietro ormai, anche se una piccolissima parte di lei temeva che avrebbe finito col ritrovarsi con il cuore spezzato.

Fargli mettere il preservativo fu un'altra prova di abilità manuale, ma tra sorrisi e baci ci riuscirono.

E a quel punto Stasia si mise a cavalcioni su di lui e lo guidò dentro di sé. Lui la riempì un centimetro dopo l'altro, sempre di più fino a quando fu certa che non ci fosse più spazio dentro di lei, eppure spingendolo, in qualche modo, ancor più in profondità.

I loro sguardi si allacciarono nella consapevolezza di ciò che stava accadendo. Per un momento lei ebbe l'impressione che qualcun altro la stesse guardando attraverso gli occhi di Owen, quel lampo di giallo che aveva visto mentre facevano l'amore.

Avrebbe dovuto averne paura? Non lo sapeva. Ma

non lo temeva. Ciò che stavano facendo sembrava *giusto* proprio come sembrava giusto essersi incontrati.

Doveva esserlo.

Lei non credeva alle anime gemelle. E non era mai stata una persona religiosa. Ma quello che c'era tra lei e Owen era più grande di entrambi e più profondo di quanto avesse il diritto di essere.

Non poteva chiamarlo amore, non ora, non così presto. Ma era qualcosa di molto più profondo e molto più vero del semplice desiderio.

Non c'era niente di semplice in quella situazione.

Nel profondo del suo cuore lei sapeva che non avrebbe lasciato andare Owen, non ora che aveva messo le mani su di lui. Ma per capire che cosa significasse, ci sarebbe voluto del lavoro.

Le preoccupazioni furono spazzate via quando Stasia cominciò a muoversi sopra di lui, stabilendo il ritmo della loro danza. Il suo corpo era già teso e vacillante sull'orlo dell'orgasmo, e Owen l'avrebbe seguita a breve.

Poco più tardi stava ondeggiando su di lui, gridando il suo nome e farfugliando sciocchezze che avrebbe finto di non ricordare. Owen si aggrappò a lei stringendola forte mentre veniva subito dopo, svuotandosi nel preservativo.

Non era finita. Non quando si separarono e lui si occupò del preservativo. Non quando si sdraiò di nuovo sul letto accanto a lei, rendendosi conto in qualche modo che lei voleva un abbraccio anche se non avrebbe mai osato chiederlo.

Se non altro, lei lo voleva più di quanto lo avesse voluto all'inizio.

"Resta qui stanotte." Stasia si sentì vulnerabile a dirlo. Lui era appena stato sepolto dentro di lei, e il suo corpo era ancora teso al ricordo di lui, ma un po' di ormoni erano stati liberati e le sue difese si stavano ricostruendo. Ma avrebbero lasciato un varco aperto perché Owen potesse superarle?

"Davvero?" Lui sembrò emozionato. Non era come lei. Lui non nascondeva le sue emozioni, non aveva segreti. Tutto era proprio lì in superficie perché chiunque potesse vederlo, ed era un tipo di coraggio che Stasia non avrebbe mai posseduto.

Era più di un'avventura per lui? Era possibile che lui stesse provando ciò che provava lei? Se poteva credere all'espressione che aveva in volto, forse era così.

Ma non poteva semplicemente chiedere. Non sarebbe riuscita ad aprirsi così. "Abbiamo altri due preservativi."

Lui scoppiò a ridere, come se avesse visto attraverso di lei, e la baciò.

Era nei guai fino al collo.

15
CAPITOLO QUINDICI

Stasia non aveva intenzione di lasciare che Owen si trasferisse nella sua stanza. Era semplicemente successo. Quella mattina lui iniziò a baciarla e lei sentiva il suo corpo troppo sazio per aver voglia di buttarlo fuori dal letto. In più, era proprio bravo con le coccole, una cosa che lei non aveva mai desiderato, in passato.

Ovviamente quando scesero per la colazione trovarono Em. Lei sicuramente sapeva cosa stava succedendo e sorrise loro come se fossero la coppia più divertente che avesse mai visto, ma per una qualche forma di riguardo verso i sensibili nervi di Stasia, non ne fece parola.

Fu un'altra giornata pigra, in giro per casa. Em era felice di annoiarsi, visto che una volta che fosse partita per il tour le sue giornate sarebbero state programmate al minuto. Stasia avrebbe potuto impazzire, ma Owen ed Em riuscirono a intrattenerla.

Guardarono il seguito della commedia che avevano

visto la sera prima e Owen si sedette nuovamente accanto a lei, passandole un braccio sulle spalle. All'inizio lei non fece nemmeno caso al fatto di essersi accoccolata contro di lui, ma quando se ne rese conto era troppo tardi per tirarsi indietro.

E non voleva farlo.

E poi quella notte Owen la seguì in camera sua e tirò fuori una scatola di preservativi che aveva scovato nel suo bagno. Era un po' arrogante, ma le piaceva. Le cose andavano sempre al loro posto quando si trattava di lui, indipendentemente dalle orribili circostanze del loro incontro. Owen si sentiva bene, e quando la baciava lei vedeva le stelle.

Se c'era qualche dubbio sul fatto che fossero sessualmente compatibili, andò in fumo la seconda notte. La fece contorcere in ogni modo possibile, sia fisicamente che emotivamente. E lei voleva ancora di più.

"Ti piace fare la guardia del corpo?" chiese, non riuscendo ad addormentarsi. Era proprio accanto a lui e faceva scorrere le dita lungo il profilo dei suoi addominali.

Owen rabbrividì sotto il suo tocco. "È un lavoro come un altro."

"Non è una risposta." Lei stava affrontando la crisi della sua carriera e sapeva quanto potesse essere difficile. Non voleva che Owen affrontasse gli stessi problemi.

"Mi piace essere la *tua* guardia del corpo." La baciò su un lato del collo e la mordicchiò con i denti, probabilmente lasciando un segno che l'avrebbe messa in imbarazzo il mattino seguente.

"Scommetto che lo dici a tutte le ragazze."

Stava scherzando, ma lui si fece serio. "Solo a te. Non mi è mai successo prima d'ora."

"Di andare a letto con una cliente?" La sua mente percepiva ancora un che di proibito, ma ora che avevano fatto il grande passo Stasia non si sarebbe tirata indietro finché non avesse avuto altra scelta.

"Di innamorarmi di una cliente." I loro sguardi si incontrarono e non c'era il minimo accenno di scherzo. Era convinto di ogni parola.

Era tutto troppo veloce. Di solito Stasia impiegava una settimana per decidere se era disposta anche solo a considerare di uscire con qualcuno, e in metà di quel lasso di tempo aveva fatto entrare Owen nel suo letto, e due volte per giunta, e non poteva immaginare di lasciarlo andare.

"È troppo?" chiese lui.

Lei avrebbe potuto approfittare di quel momento per respingerlo. Gli occhi di lui si sarebbero incupiti e non l'avrebbe più tenuta così stretta. Poteva dirgli che aveva bisogno di più tempo o che quella era solo un'avventura per passare il tempo in cui sarebbero stati chiusi in casa mentre suo fratello dava la caccia alle persone che volevano farle del male.

Ma nessuna di quelle cose sarebbe stata la verità. Avrebbe solo cercato di difendersi dal dolore che lui avrebbe potuto arrecarle se mai le avesse spezzato il cuore.

"Non è troppo." Non poteva concedergli di più, non era aperta come lui, ma non aveva intenzione di allontanarlo. Non ora. "Dimmi qualcosa di speciale su di te. Dovrai pur avere dei segreti." Se la sua anima doveva essere scorticata, voleva che lui fosse altrettanto esposto.

Owen si irrigidì e una strana espressione gli attraversò il viso.

"Puoi dirmi che hai sparato a un uomo a Reno solo per vederlo morire, se non vuoi raccontarmi niente." Cercava di mantenere un tono leggero ma non era mai stata brava con le battute, e risultò più amareggiata di quanto volesse.

"Non voglio avere segreti con te," disse lui. Le posò un mano sulla nuca e cominciò a massaggiarla con le dita.

"Ma?"

"Non si tratta di un segreto solo mio."

"Ha l'aria di una cosa grossa." Il peso del mondo gravava intorno a loro, e Stasia si pentì di averlo evocato. Se ne stava sdraiata completamente soddisfatta nella pace dopo il sesso, e aveva dovuto rovinare tutto.

"Ti prometto che te lo dirò. Un giorno."

"Un giorno." Fare promesse portava a delle aspettative, e Stasia stava facendo del suo meglio per evitarle. Senza riuscirci. L'unica garanzia che aveva era che Owen sarebbe stato nei paraggi per una settimana. Sarebbe davvero stato disposto a fare tutta la strada dal Queens per vederla? Frequentare qualcuno di un altro distretto equivaleva praticamente a una relazione a lungo termine, a New York. E il suo lavoro? E il lavoro di lei?

"Troveremo un modo," disse Owen, baciandole i capelli, come se avesse letto nella sua mente.

Alla fine lei si addormentò e fece strani sogni che la disturbarono, ma che il mattino dopo aveva già dimenticato.

Si svegliò da sola tra lenzuola fredde e ricordò vagamente che Owen si era alzato e le aveva detto di continuare a dormire. Erano quasi le otto e Stasia si sentiva come se avesse dormito fino a mezzogiorno.

Fece la doccia e si vestì con calma, e quando fu pronta a scendere al piano di sotto per la colazione il suo telefono squillò. Era AR.

"Che succede?" chiese lei.

"Ho buone notizie." Sembrava trionfante, come se gli fosse appena riuscito un colpo di stato in qualche piccola nazione.

Stasia si sentì sprofondare. C'era un solo tipo di buone notizie che poteva darle. "Di cosa si tratta?"

"Siamo riusciti a rintracciare chi costituiva una minaccia per te. Sembra che rapirti fosse solo la prima fase di un attacco su più fronti. Ci stiamo occupando dei responsabili e tu dovresti essere abbastanza al sicuro da mollare il *babysitter* in anticipo." Per un secondo si chiese se AR sapesse cosa stava succedendo tra lei e Owen, poi ricordò che era stata lei all'inizio a definire Owen un babysitter.

Era venerdì. Owen doveva essere suo fino a martedì.

"Responsabili? Più fronti? Sei sicuro di aver trovato tutti? Avete fatto presto." Non voleva di certo subire un altro tentativo di rapimento, ma si sarebbe aggrappata a qualsiasi cosa pur di tenere Owen al suo fianco.

"Potrebbe essere rimasto indietro qualcuno, ma il piano si sta rivelando rapidamente e non avranno le risorse per venire a cercarti." Senza dubbio suo fratello era seduto al centro della ragnatela e manovrava i fili per chiudere una trappola.

"Sai perché volevano me?"

AR sospirò. "Erano contrari a uno specifico progetto della compagnia. I dettagli sono riservati. Avevano pianificato di tenerti in ostaggio finché non fossero riusciti a ottenere determinate condizioni dal Selby Group. Non la tattica di negoziazione più intelligente."

Perché Stasia valeva meno di un progetto del Selby Group, probabilmente. Era solo la più facile da catturare, tra i figli di Selby.

"Vuoi che annulli il contratto in anticipo?" chiese AR.

"No. Dici che potrebbe essere rimasto indietro qualcuno, e la prudenza non è mai troppa. Ma probabilmente puoi richiamare la squadra di sorveglianza. Non c'è bisogno di tenerli occupati qui." Si era quasi dimenticata di loro, e non doveva essere molto stimolante sorvegliare una donna che non usciva mai di casa.

"L'ho già fatto. Sono un po' perplesso sulla guardia del corpo, però."

Lei non voleva che AR creasse problemi con il capo di Owen. Avrebbero capito che strada percorrere, se c'era una strada da percorrere, più avanti.

"Non è male come pensavo."

"Ah. Beh, ho una chiamata. Contatta la mia segretaria se cambi idea."

Chiuse la telefonata prima che Stasia potesse salutarlo. Non avrebbe cambiato idea. Ma ora doveva capire come avrebbe fatto a tenersi stretto Owen per sempre.

16

CAPITOLO SEDICI

Stasia si comportava in modo strano e Owen voleva sapere perché. C'era qualcosa che non andava già da quando era scesa al piano di sotto a fare colazione. All'inizio si preoccupò che qualunque fosse la febbre di passione ed emozioni che stava montando fra loro si stesse spegnendo, ma quando Em li lasciò soli per un momento Stasia lo spinse contro il muro e lo baciò come se la sua vita dipendesse da quello.

Quindi non era un problema di desiderio.

"Ti stai stancando di rimanere in casa?" A un certo punto erano oziosamente tornati nella sua stanza e lei si era seduta sulla panca sotto il bancale della finestra a guardare il parco. Lui non sapeva cosa stesse facendo Em, ma sembrava abbastanza felice di trascorrere del tempo nella pace della casa di Stasia.

"Cosa?" Stasia guardò verso di lui, ma i suoi occhi sembravano persi nel vuoto.

Non c'era molto spazio per due persone sulla panca,

ma Owen riuscì ad infilarcisi, vicino ai piedi di lei. "So che può essere frustrante essere bloccati in casa. Possiamo inventarci qualcosa se hai bisogno di una pausa." Sarebbe stato complicato. Senza dubbio la squadra di sorveglianza l'avrebbe odiato, ma lui avrebbe dato a Stasia il mondo, se gliel'avesse chiesto.

Lei sbatté le palpebre con forza e scosse un po' la testa. "No, non è questo. Sarei davvero una principessa viziata se mi lamentassi di restare chiusa in casa mia per qualche giorno."

"Non sei viziata." Poteva essere stato il suo primo pensiero, ma era perché non aveva ancora visto la generosità nel suo carattere scontroso. Stasia non si rilassava rapidamente con le persone, e infatti Owen era piuttosto certo di essere un'eccezione, ma poi dava tutta se stessa.

Lei sorrise in modo beffardo. "Lo sono. Un po'. Solo non come pensavi tu."

"Quando arrivano i domestici a soddisfare ogni nostra richiesta, allora?" A Owen non sarebbe dispiaciuto farsi coccolare un po', ma non riusciva a immaginare che Stasia lo avrebbe tollerato. Aveva l'autosufficienza stampata in fronte.

Lei allungò una mano, chiedendo silenziosamente la sua, e quando Owen gliela porse le loro dita si intrecciarono. Era una posizione un po' strana e la spalla gli doleva, ma il suo cuore era soddisfatto. Qualunque motivo era valido per toccare Stasia.

Compagna.

Il suo lupo doveva imparare a starsene buono. Lo sentiva ancora inquieto sotto la pelle; gli unici momenti in cui si sentiva un tutt'uno con lui erano quelli in cui si spingeva profondamente in Stasia, immerso nel suo profumo. Si chiese se una corsa potesse aiutare, ma era rischioso correre in città, anche se nessuno avrebbe veramente pensato che fosse un lupo se l'avesse visto.

Poteva parlare a Stasia di quella parte di sé? Lei gli avrebbe creduto?

Sì, se l'avesse visto.

Ma non poteva semplicemente trasformarsi lì per mostrarglielo. L'avrebbe portata a cacciarlo per sempre dalla sua casa e dalla sua vita. Nessuno sapeva che i licantropi esistevano, o almeno nessuno, fra le conoscenze di Owen, che non fosse a sua volta un licantropo. E la squadra probabilmente non avrebbe preso troppo bene il fatto che lui ne spifferasse i segreti a qualcuno quattro giorni dopo averlo conosciuto.

Potevano essere passati solo quattro giorni, ma al suo cuore non importava.

E il suo lupo sapeva cosa Stasia rappresentasse davvero per lui, anche se la sua mente ancora faticava a rendersene conto.

"Loro..." Stasia cominciò a parlare ma il telefono di Owen squillò. Lui l'avrebbe lasciato suonare, ma lei lo invitò a rispondere. "Prendilo. Non farti fermare da me."

Owen vide chi lo stava chiamando e dovette lasciare la stanza. Era Andre, e certamente non si sarebbe fatto vivo se non fosse stato importante. "Cosa c'è?" chiese Owen.

Sentì un respiro pesante e l'ordine soffocato *'accelera, maledizione'* prima che Andre gli rispondesse. "Hanno sparato a Vega. È... cazzo! Prendi le strade secondarie, sono più veloci." Andre imprecò ancora prima di tornare a parlare con Owen. "La ferita non si chiude."

Anche Owen imprecò mentalmente e pesantemente, e il suo lupo ringhiò al pensiero che il suo compagno di branco fosse in pericolo. Non era esattamente vicino a Vega, ma quell'uomo faceva parte della loro famiglia. "Cos'è successo? Come?" Uno dei vantaggi che avevano scoperto del loro essere licantropi era una guarigione incredibilmente veloce. Una ferita da coltello che normalmente avrebbe necessitato di decine di punti di sutura poteva guarire in un'ora. Un colpo di pistola potenzialmente fatale diventava appena un livido altrettanto rapidamente.

"Il lavoro era alla fine. Io e Gibson eravamo lì per concludere. Le cose si sono messe male. È arrivata la polizia e l'abbiamo infilato in macchina. Ho dovuto lasciare indietro Gibson perché se ne occupasse. Willa, sbrigati!" Era un pessimo segno che Andre usasse il nome di battesimo di qualcuno, specialmente se era Willa.

"Perché è ancora ferito?" Owen si mise a camminare avanti e indietro e cercò di pensare a un modo per risolvere il problema. Non avevano un dottore, anche se tutti loro avevano un po' di addestramento medico di base. Non era sembrato necessario, visto che avevano pensato di essere praticamente invincibili.

"Io. Non. Lo. So." Quelle parole erano state pronunciate praticamente ringhiando. "Ha bisogno di un dottore."

"Non potete portarlo in ospedale." Odiava anche solo dirlo, ma il loro segreto non poteva venire a galla. Owen non sapeva se dalle analisi del sangue sarebbe emerso qualcosa di anomalo, ma non potevano rischiare. L'esercito li aveva congedati tutti prima della prima muta, ma lui temeva che li avrebbero richiamati se avessero avuto sentore della verità.

"Lo so, questo." Andre prese qualche profondo respiro. "Devi portare il dottore al rifugio."

"Il dottore?" Owen all'inizio non capì, ma quando lo fece, il suo lupo si scatenò. "Cosa? No! Lei non fa parte di tutto questo."

"Bryan morirà se non lo vede un dottore," sibilò Andre, come se non volesse che Willa o Vega lo sentissero. "Abbiamo bisogno di lei. Non c'è altra scelta."

Doveva esserci. Owen si scervellò, sperando di trovarne una. Ma il medico di pronto soccorso altamente qualificato che sedeva nella stanza accanto rappresentava la sua migliore speranza di salvare la vita del suo amico.

Lei non lo avrebbe mai perdonato se avesse scoperto che lui non le aveva dato la possibilità di provarci.

"Tienilo in vita finché non arriviamo." Owen chiuse la comunicazione e prese un profondo respiro prima di tornare velocemente nella camera di Stasia.

Lei doveva avergli letto qualcosa in faccia. "Cosa c'è che non va?" Si alzò dalla panca e gli si avvicinò.

Owen non poteva essere il suo amante ora, non con così poco tempo a disposizione. "Uno dei miei colleghi ha bisogno di cure mediche. Non possiamo portarlo in ospedale. Hai delle scorte?”

Al rifugio avevano un kit di pronto soccorso piuttosto fornito, ma sperava che Stasia avesse più materiale con sé.

“Che tipo di cure? Se è così grave da aver bisogno di un ospedale, è lì che dovrebbe essere.” Aggrottò la fronte, preoccupata, anche se andò al cassettone e cominciò a tirare fuori i vestiti.

“So che non sembra avere senso, ma non può andare in ospedale. Non è sicuro.” Cosa avrebbe dovuto dire? Scusa, piccola, la tua guardia del corpo è un licantropo e lo sono anche tutti i suoi amici?

Lei alzò la testa di scatto. “Non sei... Non è qualcosa di illegale, vero?”

“No. Te lo giuro.” Non conosceva nessuna legge contro i licantropi.

Lei lo guardò severamente per diversi secondi. Owen li sentì trascorrere uno ad uno, sapendo che erano altre gocce di sangue perse da Bryan Vega. Ma qualsiasi cosa avesse visto, funzionò. Gli fece un cenno di assenso.

“C’è un kit in biblioteca. Prendilo. Di’ a Em che dobbiamo uscire. Prendiamo la tua macchina.”

“Chiamo la squadra di sorveglianza.” Non sapeva cosa dire loro, e di certo non voleva che li seguissero al rifugio, ma si sarebbe inventato qualcosa.

Stranamente, Stasia trasalì. “Stavo per dirtelo. AR li ha richiamati. A quanto pare hanno risolto la situazione.”

A Owen stava sfuggendo qualcosa. Qualcosa di

importante. Ma i suoi pensieri erano in un vortice, troppo concentrati sull'emergenza di Vega per venirne a capo. Per il momento era solo grato per il colpo di fortuna. "Ti prendo la borsa."

Dovevano sbrigarsi. Vega non aveva più molto tempo.

17
CAPITOLO DICIASSETTE

Era tutto sbagliato in almeno mille modi e Stasia poteva perdere la sua licenza medica. Ma dato il modo in cui Owen stava sbandando per le strade e sfrecciando nel traffico di New York come se fossero in un videogioco di azione, doveva essere una cosa seria. La vita di un uomo era in pericolo. Lei era l'unica che poteva aiutarlo.

Sul sedile posteriore, Em imprecò. Si era infilata in macchina proprio dietro di loro, e anche se Owen l'aveva fulminata con lo sguardo, non aveva perso tempo a discutere con lei sull'opportunità di unirsi a loro. Era una cosa troppo seria.

Ma perché il suo collega non poteva andare in ospedale? C'era un problema con la cittadinanza? Un mandato d'arresto? Qualcos'altro? Owen aveva giurato che non c'era niente di illegale, ma lei non riusciva a immaginare una ragione che non fosse sospetta per la quale qualcuno volesse evitare l'ospedale pur essendo in pericolo di vita.

Attraversarono Brooklyn e superarono diversi incroci finché Owen non accostò di fronte a un magazzino. Stasia strinse forte a sé la borsa con l'attrezzatura medica. Quel posto non sarebbe stato sterile, e le infezioni erano una minaccia che lei non avrebbe mai smesso di combattere.

"Andiamo." Owen parcheggiò l'auto e le condusse alla porta. L'ambiente interno non era malmesso come Stasia temeva; l'edificio era composto da uffici, illuminato da una luce intensa, e risultava quasi piacevole. O lo sarebbe stato se lei non avesse udito qualcuno gemere per il dolore.

Si misero a correre.

Stasia fece irruzione attraverso la porta in una delle stanze e trovò un uomo steso su un lettino da ambulatorio con un altro uomo che lo teneva fermo e una donna che gli premeva su una spalla una maglietta insanguinata.

Il muscolo poteva già essere fottuto ma l'uomo era vivo quindi probabilmente il cuore non era stato colpito.

Non perse tempo a chiedersi come mai tra gli uffici in quel magazzino ci fosse un ambulatorio, né si preoccupò delle presentazioni. Andò al lavandino su un lato della stanza e si lavò le mani come meglio poteva.

"Lavatevi le mani," disse a Owen e a Em. "Potrei aver bisogno di voi." Non sapeva nulla delle altre due persone, ma a giudicare dal modo in cui il suo paziente si contorceva stavano cercando di non farlo muovere troppo. Il danno poteva già essere stato fatto.

"Cos'è successo?" chiese Stasia alla donna che stava facendo pressione sulla ferita.

Lei alzò lo sguardo e Stasia vide che non poteva avere più di venticinque anni e che i suoi brillanti occhi azzurri erano pieni di paura e confusione. Poi la ragazza sbatté le palpebre e si riprese. "Una ferita da arma da fuoco. Spalla destra. Pistola, forse una nove millimetri. Bryan è già stato colpito altre volte, perché non si chiude?" chiese.

"Willa!" sbottò l'uomo che stava tenendo fermo il suo paziente.

"Deve sapere, Andre."

Willa. Andre. Bryan. Stasia archiviò quei nomi nella sua mente. "C'è un foro di uscita?" Non sapeva cosa intendesse Willa sulla chiusura della ferita, probabilmente era solo panico, anche se aveva fatto rapporto con compostezza. Non avevano tempo di preoccuparsene. La maglietta che stava tenendo sulla ferita era fradicia e, per quanto ne sapeva, non aveva sangue da trasfondere.

"No," rispose Willa.

"Va bene." Sarebbe stata una cosa rapida ed efficace. Stasia aveva un bisturi con sé e doveva vedere cosa si poteva fare. Estrarre il proiettile avrebbe probabilmente causato più danni che benefici ma doveva dare un'occhiata per rendersi conto di quale fosse la situazione.

Si avvicinò al suo paziente. Bryan si muoveva, ma aveva gli occhi chiusi e non sembrava consapevole di ciò che stava succedendo. "Bryan, mi senti?" chiese lei.

Lui gemette per il dolore.

"Bryan," provò di nuovo. "Ti aiuterò. Potrebbe fare

male." L'avrebbe fatto. Non c'era modo di evitarlo. Non era sua abitudine portare con sé farmaci pesanti, ma si sarebbero preoccupati dello shock del dolore più tardi.

Bryan continuava a gemere.

Non c'era più tempo da perdere. Incontrò lo sguardo di Willa. "C'erano schizzi di sangue quando hai cominciato a tamponare la ferita?"

"No, solo una semplice emorragia."

"Bene. Ho bisogno che tu tolga quella maglietta e vada ai suoi piedi. Tienili fermi. Probabilmente si agiterà molto quando inizierò a tagliare." Odiava anche solo pensarlo. Persino nei giorni più bui a Bermeja non aveva avuto bisogno di usare il bisturi su pazienti semicoscienti.

Willa si spostò. Stasia sentiva Em e Owen in piedi dietro di sé, ma li ignorò. Quello era il suo elemento e doveva fare il suo lavoro.

Incontrò lo sguardo di Andre. "Pronto?"

Lui annuì.

Lei valutò la ferita e si accigliò nel vedere come la pelle intorno fosse di un improbabile colore grigiastro, come se la maglietta avesse perso il colore e la pelle se ne fosse impregnata. Sperò che fosse così; non aveva idea di cosa potesse causare il problema, altrimenti.

Stasia non era un chirurgo, ma aveva una formazione generale e poteva farlo.

Col bisturi allargò la ferita per scoprire il muscolo strappato sottostante. "Fatemi luce," chiese, e pochi secondi più tardi una torcia brillava sopra la sua spalla.

Doveva essere Owen o forse Em, ma non si voltò a controllare.

Non ci volle molto per trovare il proiettile. Non era conficcato in profondità e lei si chiese distrattamente perché stesse causando al suo paziente così tanti problemi. Certo doveva fare un male cane, ma non era vicino a niente di vitale ed era rimasto abbastanza in superficie.

"Forcipe," chiese.

"Cosa?" chiese Em, che sentiva rovistare nella sua borsa.

"Le pinzette giganti. E poi mi servirà il kit di sutura."

"Capito". Passarono il forcipe a Stasia.

Lei estrasse con cura il pezzo di metallo dalla ferita e lo lasciò cadere in un contenitore che Owen aveva in mano. Distolse lo sguardo solo per un secondo, ma quando tornò ad esaminare la ferita, la trovò più piccola.

Assurdamente più piccola.

Gli occhi del suo paziente si aprirono di scatto e lui emise un terribile ruggito.

"Tenetelo!" chiese Stasia ad Andre e Willa. Il proiettile era stato estratto ma lui era tutt'altro che al sicuro.

Ma Bryan era un uomo posseduto e lottò contro di loro. Il forcipe le sfuggì di mano mentre lui si sollevava, e poi cadde anche il bisturi, che in volo le colpì l'avambraccio lasciando una dolorosa striscia rosso brillante.

I suoi occhi erano spalancati e il colore virò dall'azzurro al giallo mentre qualcosa stava cominciando ad accadere alla sua faccia. Stasia non capiva. Non riusciva a comprendere. Quello non era un problema medico. Non era possibile. Tanto per cominciare lui non avrebbe dovuto avere tutta quell'energia, ma men che meno... cambiare.

Cominciò a spuntare del pelo e le sue ossa cambiarono forma con orrendi scricchiolii. Il tutto non poteva essere durato più di qualche secondo e Stasia era pietrificata, affascinata e spaventata.

Qualcuno le mise una mano sulla spalla, come se cercasse di tirarla indietro. Sentì lontanamente qualcuno dire qualcosa, ma il ruggito della bestia davanti a lei copriva tutti gli altri suoni.

Un licantropo.

Avrebbe dovuto essere scioccante. Avrebbe dovuto essere impossibile. Ma lo stava vedendo con i suoi occhi. Si poteva non crederci? Le sue mani erano appena state nella carne di quell'uomo. Non era possibile che fosse un trucco.

La muta aveva fatto scomparire il suo paziente e al suo posto improvvisamente c'era un enorme lupo. Andre cercò di afferrarlo e Willa doveva essere caduta indietro, ma in ogni caso nulla impedì al lupo di avventarsi direttamente su di lei e di affondarle i denti nella spalla.

Stasia urlò.

18

CAPITOLO DICIOTTO

Owen fu combattuto tra la necessità di proteggere Stasia e la voglia di squarciare la gola di Bryan Vega per aver osato avvicinarsi alla sua compagna. Il suo lupo ringhiava sottopelle ed esigeva la trasformazione, ma lui si oppose alla muta. Su quattro zampe non sarebbe stato di aiuto per nessuno.

Si frappose tra Em e Bryan e spinse via la donna prima di scattare in avanti e afferrare Vega per la collottola per trascinarlo lontano da Stasia. Lei mostrò più presenza di spirito del previsto e prese a calci il lupo finché non ricadde all'indietro.

A quel punto intervenne Andre, che si lanciò su Vega e lo placcò schiacciandolo a terra.

Tutto avvenne in una manciata di secondi.

"Cosa sta succedendo qui?" gridò Gibson facendo irruzione nella stanza e osservando la scena, con Rowe ed Erin Jackson al seguito: Stasia si stringeva la spalla, Em era rannicchiata in un angolo e Andre tratteneva a terra Vega, che si era trasformato, mentre Willa stava immobile ai piedi del lettino.

"Stasia!" Em guardò la sorella e scattò in avanti, senza prestare attenzione al licantropo immobilizzato né al maggiore dell'esercito sulla porta.

Il lupo di Owen si incollerì al pensiero che qualcuno si avvicinasse alla sua compagna, ma lui poteva indurre l'animale alla ragione. Em era sua sorella; non avrebbe mai fatto del male alla loro compagna. Ci si poteva fidare di lei. Ma emise comunque un ringhio sommesso e si avvicinò di un passo.

Non voleva nessun altro vicino a Stasia.

"Sto bene," stava dicendo lei. "Devo pulire la ferita. Probabilmente avrò bisogno di punti. E penso di essere ferita anche sul braccio." Non aveva l'aria di una donna che aveva appena scoperto l'esistenza dei licantropi, ma lui aveva la sensazione che stesse prevalendo il suo addestramento. Lei doveva occuparsi dei problemi da risolvere prima di poter anche solo pensare di crollare.

Owen avrebbe solo voluto girarsi, andare da Stasia e prendersi cura di lei, ma doveva proteggerla da qualsiasi minaccia, e in quel momento *tutto* era una potenziale minaccia. In fondo sapeva che tutti gli altri in quella stanza erano persone di cui doveva potersi fidare, ma Vega aveva morso Stasia. Chiunque poteva farle ancora del male.

"Cosa succede?" ripeté Gibson, e a giudicare dal suo tono non aveva intenzione di chiederlo una terza volta.

Vega emise un triste lamento, e Andre lo lasciò

andare quando fu chiaro che il lupo non si sarebbe più fatto prendere da accessi di rabbia.

Owen ringhiò. Vega doveva pagare per ciò che aveva fatto, ma Willa si intromise tra i due per impedire la lotta prima ancora che potesse cominciare. In un altro momento Owen le sarebbe stato grato per essere intervenuta, ma ora voleva solo attaccare anche lei.

"La dottoressa Nichols ha estratto qualcosa dalla spalla di Vega," disse Willa, rispondendo finalmente alla domanda di Gibson quando sembrò che nessun altro l'avrebbe fatto. "La sua muta è iniziata subito dopo e lui l'ha attaccata. Non credo si rendesse conto di cosa stava facendo."

"Porta Vega fuori di qui. Tienilo d'occhio. Anche tu, Jackson," ordinò Gibson. Il suo volto era scuro di rabbia e Owen capì che dare sfogo alla sua furia non sarebbe stata una buona idea.

Willa, Erin e Vega se ne andarono, mentre il resto del branco rimase lì. Avrebbero dovuto essere felici di ritrovarsi, ma la sua compagna stava sanguinando e aveva bisogno di aiuto.

Gibson si voltò a guardare Stasia. "Noi siamo..."

Lei lo interruppe. "Mi parlerà dei licantropi più tardi. Uno di voi deve avere un minimo di pratica in medicina. Ho bisogno di punti. A meno che non vogliate portare *me* all'ospedale." Owen non si voltò a guardarla, ma poteva immaginare la luce di sfida negli occhi della sua compagna e si riempì di orgoglio. Non erano in molti a saper tenere testa a Gibson, ma Stasia lo fece senza ripensamenti.

"Rowe." Gibson non ebbe bisogno di dire altro. Rowe era il più competente in materia fra tutti loro e certamente sapeva come pulire una ferita e dare punti di sutura.

Owen lo fermò.

"Fatti da parte," disse Leland Rowe a bassa voce.

"No." Stava combattendo il suo lupo con tutto se stesso per evitare di attaccare il compagno. Doveva tenere Stasia al sicuro e il lupo era certo che lasciar avvicinare qualcuno a lei sarebbe stato un errore. E visto ciò che era accaduto nell'ultima ora, non poteva non essere d'accordo.

"Owen! Deve potersi avvicinare." Stasia sembrava senza fiato, e questo fu finalmente sufficiente a farlo spostare un po'. Era pallida, ancora più pallida del solito, e il sudore le imperlava la fronte. Em le premeva una garza sulla ferita, ma il sangue stava già cominciando a filtrare.

E il suo lupo era ancora irremovibile. Lui e Owen dovevano proteggere la loro compagna.

"Gordon," disse Gibson. E Owen non capì perché, ma un secondo più tardi Andre si gettò su di lui e lo trascinò via finché non furono entrambi fuori dalla stanza. Gibson chiuse la porta con violenza e Owen udì lo scatto della serratura.

Urlò e lottò contro la presa di Andre.

"Devo tornare lì dentro. Lei ha bisogno di me." I suoi denti erano più lunghi del dovuto e la sua vista era *offuscata*, come a volte succedeva quando si trasformava.

Stava perdendo il controllo della sua forma umana mentre il suo lupo esigeva di prendere il sopravvento.

Owen voleva arrendersi a lui; voleva prendere la forza che il suo lupo poteva dargli e impedire a chiunque di toccare Stasia un'altra volta.

"Calmati, prima che ti ammanetti," lo minacciò Andre.

Non c'erano molte cose che potessero trattenere un licantropo infuriato, ma Gibson aveva trovato delle specie di manette di vecchia fattura che potevano servire allo scopo. Owen si era chiesto perché pensasse che potessero servirgli, ma la minaccia di ciò che poteva succedere fu sufficiente a fargli pensare che forse Gibson aveva ragione. E sapeva che Andre l'avrebbe legato senza esitare.

"Sono calmo," assicurò Owen, anche se il cuore gli batteva così forte che poteva sentirlo nelle orecchie.

"No, non lo sei." Andre lo guardò male, ma allentò la presa. "Su, andiamo. Non so cosa stia succedendo, ma probabilmente dovresti prendere un po' le distanze."

"Prova a spostarmi." Owen era fuori dalla stanza. Non poteva vedere la sua compagna, ma l'odore del suo sangue tormentava ancora i suoi sensi. "Non posso impedire a Rowe di toccarla, ma non mi muoverò di un solo passo."

19
CAPITOLO DICIANNOVE

Leland Rowe aveva occhi gentili e una mano ferma, ma questo non rese l'applicazione dei punti meno dolorosa. Em era proprio accanto a lei, e le teneva il braccio illeso come sostegno mentre Rowe lavorava sulla sua spalla.

Ma Stasia voleva Owen.

Dovette respingere quel pensiero e ricacciarlo nella sua mente il più a fondo possibile. Owen era completamente andato fuori di testa anche se era stata *lei* a operare inconsapevolmente un dannato licantropo. Se fosse stata in grado di ragionare, probabilmente avrebbe concordato con lui nella sua valutazione di non poter portare Vega in ospedale.

Invece voleva urlare. Ma se avesse urlato e si fosse agitata quanto avrebbe voluto, avrebbe fatto saltare tutti i punti che Rowe le aveva già dato e compromesso quello che ancora gli restava da fare.

"Non te la cavi affatto male," gli disse. Avrebbe

voluto chiedergli se fosse un licantropo anche lui. Lo erano tutti?

Owen lo era?

Forse stavano tutti tenendo il segreto di Vega.

Cosa sarebbe stato peggio?

"Addestramento medico sul campo," rispose Rowe.

"Esercito?" chiese Em dopo aver dato una stretta alle dita di Stasia. Doveva essere sconvolta quasi quanto lei, ma per il momento sembrava abbastanza calma.

"Sì." Rowe finì di suturare la ferita e la fasciò; era proprio sulla curvatura della spalla di Stasia ed era destinata a procurarle dolore ad ogni movimento.

Lei torse il braccio e trasalì sentendo i punti tirare, ma doveva valutare il danno provocato dal bisturi che le era caduto fra il polso e il gomito. Ma non c'era nessuna ferita. La pelle era intatta.

Com'era possibile?

Ricordava il dolore pungente che aveva provato quando la lama l'aveva tagliata e c'era del sangue sulla maglia dove l'aveva premuta forte sul braccio per fermare l'emorragia. Ma ora sembrava che non fosse successo niente. Aveva preso un abbaglio? Era facile confondersi durante l'attacco di un licantropo inferocito.

Doveva essere andata così. Stasia si tastò ancora per assicurarsi che la ferita non fosse in qualche modo nascosta, ma la cosa non portò a nulla.

"Qualcosa non va?" chiese Em a bassa voce mentre Rowe si ritraeva.

"Pensavo..." Stasia non voleva dirlo, temendo di sembrare pazza, come se qualcosa potesse apparire normale dopo quello che era appena accaduto. "Sto bene."

Em rise nervosamente. "Sei appena stata morsa da un fottuto licantropo." Rabbrividì, con il viso inespressivo, ma poi si esibì nel suo miglior sorriso, quello che mostrava al pubblico ogni sera quando era in tour.

Em poteva fingere che fosse tutto a posto e Stasia avrebbe seguito il suo esempio.

Rowe era in piedi accanto a Gibson ed entrambi la guardavano come se stesse per spuntarle una seconda testa... o del pelo. Lei voleva Owen lì con lei. Em poteva anche stringerle forte la mano, ma c'era qualcosa nella presenza di Owen che la faceva sentire al sicuro. Protetta.

Amata.

Era troppo presto per quello. Poteva a stento sopportare il pensiero. E di lì a poco la sua mente avrebbe colto l'enormità della situazione e lei si sarebbe incazzata a morte con Owen e con tutti loro. Lui *sapeva* cosa fosse Vega. L'aveva messa in pericolo.

Ah, beh, era già arrabbiata. Dimenticando il dolore dei punti, Stasia si alzò da dov'era seduta.

Gibson aprì la porta e Owen rientrò di corsa. Non si fermò finché non fu proprio di fronte a lei, con quegli occhi espressivi che la studiavano, assicurandosi che stesse bene. Si soffermò sui punti che aveva sulla spalla, dove la maglia era stata strappata, e lei avrebbe giurato di averlo sentito ringhiare.

Licantropo?

Uomo?

"Cosa sta succedendo, Owen?" Voleva buttarsi tra le sue braccia e chiedergli di rimettere le cose a posto. Lui era la sua guardia del corpo, anche se la minaccia principale era stata neutralizzata. Ma non aveva importanza. Lei voleva che non se andasse *mai più*, anche se era arrabbiata con lui.

"Andiamo in un posto dove ci sia meno sangue," disse Gibson, interrompendoli.

Owen allora si allungò a toccarla, attento a evitare i punti, e stringendola come se fosse il suo bene più prezioso. Dopo un attimo intrecciò le sue dita a quelle di lei e la guidò fuori dalla stanza, ovunque Gibson li stesse portando. Em li seguiva da vicino.

Il nuovo posto si rivelò essere qualcosa come un grande soggiorno, con alcuni divani e poltrone e un enorme televisore appeso a una parete.

"Qui va meglio," disse Em leggermente sorpresa mentre sprofondava in una delle morbide poltrone.

Stasia avrebbe voluto restare in piedi, ma tra la corsa per curare Vega e l'adrenalina del morso, stava quasi per crollare. Si accasciò sul divano più vicino e non si lamentò quando Owen si sedette accanto a lei.

Ci vollero solo pochi minuti prima che il resto della squadra – del branco? – li raggiungesse. Andre Gordon, Willa Hunter, Leland Rowe, Erin Jackson e anche Bryan Vega, che era riuscito a tornare alla sua forma umana e aveva solo la pelle un po' livida e arrossata sulla spalla nuda nel punto dove il proiettile l'aveva colpito.

"Mi trasformerò in un licantropo?" Il cuore di Stasia batteva all'impazzata, ma lei sembrava tranquilla. Non sapeva bene come stesse affrontando la situazione, ma nel caso in cui non avesse cominciato a urlare aveva intenzione di mantenere l'equilibrio il più a lungo possibile. Guardò direttamente Owen e ripeté la domanda. "Mi trasformerò?"

Lui spalancò gli occhi e aprì e richiuse la bocca un po' di volte.

"Non lo sappiamo." Era stato Gibson a rispondere. "Nessuno ha mai morso un'altra persona prima d'ora." Lanciò a Vega un'occhiataccia.

Il giovane, e di sicuro era giovane, avendo almeno dieci anni meno di Stasia, abbassò la testa e si lasciò sfuggire un sospiro tremante prima di sollevare di nuovo lo sguardo a incontrare gli occhi di lei. "Mi dispiace. Mi dispiace tanto."

Forse Stasia avrebbe dovuto perdonarlo, ma come poteva? Si limitò ad annuire e questo sembrò soddisfare il ragazzo. Bene. Non aveva altro da dargli.

"Siete *tutti* licantropi?" Owen emanava un calore bruciante, e forse lei avrebbe dovuto allontanarsene se fosse stato segretamente un mostro, ma niente in lui le faceva pensare che fosse mostruoso, anche se fosse stato un licantropo.

"Sì, tutti," confermò Gibson.

"Siete nati così?" chiese Em.

Bella domanda. Stasia era contentissima che Em fosse salita in macchina con loro. Avrebbe presto avuto bisogno di sostegno morale, o almeno della memoria di Em. I traumi avevano uno strano modo di incasinare la testa di una persona.

"No," rispose Gibson.

"Allora non dovreste sapere qualcosa di più sul morso?" Era *doloroso*, e Stasia non avrebbe più accettato stronzate, come risposta. Aveva fatto una buona azione, aveva salvato una fottuta vita. Meritava di sapere la verità. Il suo uomo, la sua guardia del corpo, era apparentemente un lupo mutaforma, e non si era dato pena di dire una parola in proposito. Era stata morsa da un fottuto licantropo. E ora stavano giocherellando con le parole. "Ditemi cosa sta succedendo."

Ci fu un pesante silenzio nella stanza dopo la richiesta di Stasia. Lei temeva che nessuno avrebbe parlato, ma finalmente Owen si decise a raccontare.

"È cominciato tutto due anni fa in Germania."

20
CAPITOLO VENTI

L'ultima cosa che Owen ricordava era che stava uscendo dalla base. Non sapeva bene perché. Ma era abbastanza normale. Di sicuro non era stata una sua intenzione quella di finire in una foresta chissà dove, con le mani legate e nel mezzo di uno strano rituale celebrato da adoratori del diavolo.

Erano *davvero* adoratori del diavolo? Esistevano sul serio gli adoratori del diavolo?

Ricordava di averne sentito parlare quando era un bambino e aveva pensato che fossero tutte sciocchezze. Ma ora si trovava al centro di un cerchio dall'aspetto magico, c'era un tizio che indossava una tunica nera con pelli di animale sulle spalle, ed erano circondati da guardie che portavano armi dall'aspetto minaccioso.

Gli adoratori del diavolo avevano bisogno di armi?

Aveva le idee confuse e la testa gli faceva male. Era stato colpito? Era una possibilità concreta. Avrebbe voluto tastarla per capire se ci fosse una ferita, ma con le mani legate poteva muoversi appena. E la parte più strategica della sua mente gli disse che sarebbe stata una cattiva idea far capire allo stregone in mezzo al cerchio che aveva ripreso conoscenza.

Stregone? Sciamano? Mago? Gli ricordava troppo *Il Signore degli Anelli* per i suoi gusti.

Ma chiunque fosse quell'uomo dall'aspetto magico, in quel momento non stava prestando attenzione a Owen, così lui fece del suo meglio per guardarsi intorno senza contorcersi troppo. E non era l'unico soldato legato.

Non conosceva i nomi degli altri, ma era abbastanza sicuro che il più vecchio fosse un fottuto maggiore. In effetti, pensava di averli riconosciuti tutti come provenienti dalla base. Sequestrare una manciata di soldati americani da una base dell'esercito non doveva essere stato facile, ed era un dannato suicidio. Pensavano che l'esercito avrebbe giocato? Sarebbero arrivati con le armi spianate a riprendersi i loro ragazzi.

E quella era la Germania. Doveva essere un luogo sicuro. Era stato entusiasta di ottenere quell'incarico. Finire legato in un bosco come se stesse recitando una parte in una favola vecchio stile non era come Owen si aspettava che andassero le cose.

Sette torce ardevano intorno a loro e lo stregone stava facendo qualcosa su un altare al centro. Era un sacrificio umano? La madre di Owen sarebbe impazzita se avesse scoperto che lui era stato ucciso in un sacrificio umano. Era una buona cattolica e nessun prete sarebbe stato in grado di spiegare un fatto come quello.

Lo stregone si voltò verso di lui, con in mano un lucente coltello spaventoso.

"Non sei obbligato a farlo." Quello era il momento di provare a farlo ragionare, se era possibile ragionare con una specie di evocatore di demoni uscito da una fiaba dei fratelli Grimm.

L'uomo non parlava, e aveva le labbra tirate in un terrificante sorriso con due denti aguzzi. Non sembravano umani. Lui era umano? Forse era un demone.

"No, no, no!" Owen cercò di lottare, ma l'uomo non si fermò. E abbassò il coltello, ma non lo pugnalò. Gli tagliò via dal petto, invece, una larga striscia di pelle, abbastanza da provocare dolore e sanguinare, ma non abbastanza da fare troppi danni.

Ma che accidenti significava? Poi raccolse parte del sangue che gocciolava in una specie di tazza di metallo. No, un calice. Era quello il nome giusto per un'elegante tazza magica.

Lo stregone o il demone continuò il rituale facendo la stessa cosa su ognuno dei soldati legati. Una delle guardie fece un passo verso la luce e Owen riuscì a guardarlo bene in faccia. Fece del suo meglio per memorizzare i lineamenti. Se ne fosse uscito vivo, sarebbe tornato a cercare quella gente. Voleva che pagassero per qualsiasi strana diavoleria stessero facendo.

Ma lo stregone aveva terminato il misterioso compito che stava svolgendo e tornò al centro del cerchio.

Cominciò a cantare una cantilena. Owen non aveva un particolare talento per le lingue, ma poteva riconoscerne alcune essendo stato di stanza in varie parti del mondo. Questa non la conosceva. Non assomigliava a niente di terreno. La voce era profonda e gutturale, e gli faceva male alle orecchie.

La pelle dove era stato tagliato cominciò a bruciare mentre l'uomo proseguiva la sua cantilena, e Owen doveva essere impazzito perché fu come se davanti ai suoi occhi fosse iniziato uno spettacolo di luci. Prima ci fu una luce blu che girava in cerchio, e lui si chiese se si trattasse di una specie di installazione di lampade LED. Ma lì non c'era niente di tecnologico. Poi se ne aggiunse una rossa e le due luci danzarono nell'aria vorticando come in un ciclone.

La voce dello stregone si fece sempre più forte, e Owen fu certo che le sue orecchie stessero iniziando a sanguinare. Perse di vista le guardie, che sembrava si fossero allontanate nell'oscurità della foresta per dare allo stregone la privacy necessaria a quella parte del suo rituale.

L'uomo lanciò un grido e le luci blu e rossa esplosero in una torre di energia prima di piombare di nuovo in picchiata attaccando Owen e i suoi compagni di prigionia.

Ne sentì la potenza con la forza di un pugno che fece uscire tutta l'aria che aveva in corpo.

Cercò di inspirare, ma i suoi polmoni erano in fiamme e il dolore crebbe sempre di più fino a quando non poté più sopportarlo e svenne.

Si svegliò, ma era sicuro di essere morto.

Quello era il paradiso?

Forse no. Sperava di no. L'esercito americano possedeva il suo corpo, ma lui non aveva mai ceduto la sua anima. E riconobbe le uniformi intorno a loro. Era un squadra meno numerosa di quanto si aspettasse. Stavano controllando lui e i compagni, e un medico stava somministrando loro dell'ossigeno assicurandosi che restassero in vita.

Guardandosi intorno, sembrava che non fosse successo nulla. Non c'era nessun altare. Nessuna torcia. Nessuno stregone. Owen non era più legato e allungò una mano per toccare la ferita sul petto, ma era sparita.

Un'allucinazione?

Non aveva un'immaginazione così fervida.

Le cose in seguito erano andate avanti molto rapidamente e Owen non aveva quasi più avuto tempo per fermarsi a pensare.

Il contratto prevedeva diversi altri anni, ma la politica aveva modo di rovinare la carriera di chiunque, e in poco tempo Owen si ritrovò congedato con una consistente liquidazione e l'ordine di non dire nulla sull'intera faccenda.

L'esercito non voleva che si sapesse che dei soldati erano stati rapiti da una delle loro basi. E se anche all'interno avessero avuto un'idea di cosa fosse stato fatto loro, non l'avrebbero rivelata.

Fu allora che Owen conobbe il maggiore Gibson. Fu il maggiore ad avvicinarlo per primo, mentre stavano facendo rapporto una volta tornati negli Stati Uniti, e suggerì che forse sarebbe stata una buona idea rimanere in contatto.

Già. Erano gli unici ad aver capito cosa fosse successo veramente. Rimanere uniti sembrava davvero una buona idea.

———

Un anno e nove mesi prima

Non c'era la luna piena. Era notte e la luna era grande, ma non piena.

Negli ultimi tre mesi avevano cominciato a mettere in piedi un'impresa di protezione privata. Gibson aveva dei contatti e stava sondando il terreno.

Ma passavano molto tempo presso la sua tenuta in Pennsylvania. E quella notte erano tutti fuori, nell'aria pungente, seduti intorno al fuoco ad arrostire marshmallow.

Fu Willa Hunter la prima. Si irrigidì e posò il bastoncino che stava usando per mettere il suo marshmallow sul fuoco.

"Stai bene?" le chiese Erin Jackson. Allungò una mano per stringerle la spalla.

"Io..." Willa crollò dalla piccola panca su cui era seduta e tutti saltarono in piedi.

Ma quello che successe dopo fu ancora più strano di ciò che era avvenuto quella notte nella foresta in Germania. Willa urlò e si strappò tutti i vestiti di dosso gettandoli in un mucchio accanto a sé, poi il suo corpo cominciò a mutare, con il pelo che cresceva dove sicuramente non avrebbe dovuto, il viso che si allungava fino a diventare un muso e i denti che diventavano lunghe zanne letali.

Si trasformò in un lupo e ululò.

E quell'ululato fu la scintilla da cui partì la muta di tutti gli altri.

Owen non aveva idea di quanto tempo ci fosse voluto. Non fece male. Non troppo. E una volta che il suo corpo si fu trasformato da uomo a lupo, non gli interessò più sapere come fosse stato possibile.

Tutto ciò che voleva fare era correre.

E così corsero insieme per la prima volta come un branco.

Alcune ore più tardi, quando tornarono alla loro forma umana senza alcun danno evidente, si strinsero gli uni agli altri e capirono che ciò che avevano subito in Germania era una cosa seria.

———

Nel presente

Owen guardò Stasia cercando di leggere la sua espressione. Odiava vedere le bende che fasciavano il morso ricucito sulla sua spalla. Avrebbe potuto uccidere Vega per averla aggredita. Non importava che non fosse colpa del ragazzo. Quella era la compagna di Owen. Avrebbe dato la vita per proteggerla.

"Vorrei che potessimo darti maggiori spiegazioni," disse. "Ma abbiamo affrontato tutta questa storia dei licantropi da soli. Nessuno di noi è stato morso. Non sappiamo cosa sia vero e cosa non lo sia. E non sappiamo cosa ti succederà. Ma noi... *Io*, ti proteggerò."

Stasia fece un profondo respiro e annuì. Owen si chinò a baciarle la fronte. Voleva fare più di quello. Voleva nasconderla lontano dal resto del gruppo finché non avessero avuto più informazioni su ciò che sarebbe successo. Ma aveva la sensazione che lei non si sarebbe fatta nascondere.

Stasia aveva un'espressione completamente assente, ma poi sbatté le palpebre e gli rivolse un sorriso coraggioso. "Quindi potrei trasformarmi in un lupo mutaforma. Fantastico. Qualcuno ha degli snack?"

21
CAPITOLO VENTUNO

Stasia non sapeva per quanto tempo ancora sarebbe riuscita a farsi coraggio. Licantropi. Maledetti licantropi. La spalla le doleva in risposta al morso a cui stava disperatamente cercando di non pensare, e non poté fare a meno di chiedersi se presto si sarebbe ritrovata a ululare alla luna.

Lei ed Em si erano rifugiate nell'ambulatorio per prendersi qualche minuto da sole, ora che avevano sentito la storia dei licantropi da Owen. Tutti gli altri avevano concordato sulla sua versione, quindi pensò che non potesse essere troppo lontana dalla verità.

Uno stregone li aveva trasformati in licantropi durante una specie di rituale magico nella Foresta Nera in Germania. Lei sapeva riconoscere una favola quando la sentiva, ma considerando che aveva visto un uomo trasformarsi in un lupo con i suoi stessi occhi, ci credeva. A dispetto della sua formazione medica che le diceva che fosse una cosa impossibile. L'aveva visto succedere, e non c'era alcuna possibilità che si trattasse di un trucco.

Si accasciò su una delle sedie dell'ambulatorio mentre Em si appoggiava al bancone. Stasia non avrebbe potuto restare in piedi per un solo altro minuto. Le tremavano le gambe e si sentiva sull'orlo di un attacco di panico. In quel momento era solo la presenza di sua sorella a mantenerla lucida.

"Come va?" chiese Em. Si allungò a prendere qualcosa sul bancone, il piccolo contenitore nel quale Stasia aveva gettato il proiettile che aveva colpito Vega, e cominciò a passarselo da una mano all'altra, senza riuscire a stare ferma. Era una sua vecchia abitudine, in cui ricadeva solo quando era nervosa.

Il contenitore non era un giocattolo e certamente non era sterile, ma Stasia ormai non se ne sarebbe preoccupata.

"Non saprei, davvero." Aveva visto cose strane in passato. Dipendeva sia dal tipo di educazione che aveva ricevuto, sia dal mestiere che aveva intrapreso. Un sacco di cose strane finivano al pronto soccorso. Ma non aveva mai immaginato che fra queste ci sarebbero stati i licantropi.

Come avrebbe dovuto reagire? Avrebbe dovuto arrabbiarsi con Owen per averle mentito? Avrebbe *potuto*? E quando avrebbero dovuto fare quella conversazione? Prima di fare sesso? Di certo lui non pensava che la licantropia potesse essere una malattia sessualmente trasmissibile. E comunque non c'era alcuna possibilità che lei gli credesse.

"È una figata, vero?" Em non ne sembrava sicura nel rivolgerle quella domanda, ma c'era un pizzico di meraviglia infantile in fondo al suo tono di voce.

"Una figata?" Poteva essere un punto di vista. Anche se le ossessioni infantili di Stasia erano state orientate più sui vampiri che sui licantropi. Ma una cosa era fantasticare sull'ultraterreno, ben altra cosa era scoprire che ci fosse qualcosa di vero.

"Voglio dire, sì, dai. Il tuo uomo è come un supereroe o qualcosa del genere." Posò il contenitore, raccolse uno degli strumenti che erano sul bancone e punzecchiò il proiettile.

Lui *era* il suo uomo? Stasia non lo negava, anche se probabilmente dovevano fare una chiacchierata al riguardo. Anche più di una. "Cosa stai facendo?" Si alzò dalla sedia e si avvicinò ad Em per vedere cosa stesse guardando. E fu sollevata nel constatare che sua sorella non si era tirata indietro. Non era un'eventualità che le fosse venuto in mente di dover temere, ma ora si rendeva conto che Em avrebbe potuto avere paura di lei.

"Non temi che io possa trasformarmi in un mostro, vero?"

Em si mise a ridere. "Ti ho visto in piena sindrome premestruale. So esattamente che tipo di mostro puoi diventare." Prese il proiettile con un paio di pinze pulite e lo esaminò. "Hai qualcosa per pulirlo?"

"Perché?" chiese Stasia mentre cercava qualcosa di adatto allo scopo. Em aveva sempre avuto una mente curiosa e probabilmente sarebbe stata un'investigatrice di qualche genere se non fosse diventata una rockstar.

"Hanno dato di matto per questo proiettile. Mi viene da pensare che di solito non abbiano a che fare con questo genere di cose. E se le leggende possono insegnarci qualcosa, i licantropi non dovrebbero avere un superpotere di guarigione o qualcosa di simile? Questo era un proiettile davvero *molto piccolo*. Anche un umano avrebbe potuto scrollarselo di dosso." Prese il flacone di soluzione salina che Stasia aveva trovato sul bancone e sciacquò il proiettile nel contenitore che aveva lasciato lì accanto, lavando via il sangue.

L'aspetto era quello di un proiettile. Ma Stasia non era sicura che fosse *solo* quello. Non aveva avuto a che fare con molte ferite da arma da fuoco. E nei casi che aveva visto non era riuscita a estrarlo. In genere avrebbe provocato danni maggiori solo nel tentativo.

"C'è qualcos'altro sopra," disse Em mentre con il forcipe raccoglieva il proiettile lavato e lo osservava da vicino.

"Cosa vuoi dire?" Come poteva esserci qualcos'altro su un proiettile?

"Guarda." Em scosse un po' il forcipe come se ciò avesse potuto dare a Stasia un indizio. "Sembra quasi che si sia fuso con qualcosa."

"State guardando il proiettile?" Sobbalzarono entrambe quando Rowe le interruppe. Era in piedi sulla porta e le guardava con curiosità.

Non avevano niente da nascondere, anche se Stasia sentiva che forse avrebbero dovuto farlo. "Stiamo ragionando sul presupposto che voi ragazzi possiate guarire più velocemente delle persone normali," disse. "È un'ipotesi corretta?" A giudicare dal fatto che Vega era guarito praticamente nell'istante in cui il proiettile era stato estratto, doveva essere così.

Rowe annuì ed entrò nella stanza. "Abbiamo fatto qualche gioco spericolato, cercando di capire i nostri limiti. Ci vogliono parecchi danni per metterci fuori uso."

"Quindi non un solo proiettile?" chiese Em.

"In teoria no."

"E un proiettile d'argento?" chiese, agitando il forcipe con una sicurezza che a Stasia sembrò rischiosa. "O con della roba argentata sopra."

"Cosa?" Quella domanda spinse Rowe ad attraversare la stanza per guardare il proiettile da vicino. "Pensi che qualcuno ci abbia sparato un proiettile d'argento?"

Em scrollò le spalle. "O forse ha colpito un oggetto d'argento prima di ferire Vega," suggerì. "Magari una forchetta, o un candeliere."

Rowe rifletté per un momento mentre osservava il pezzettino di metallo che aveva quasi ucciso il suo amico. "C'erano dei candelabri intorno a noi, quindi è possibile che il proiettile ne abbia attraversato uno fondendosi con un po' d'argento." Prese il forcipe da Em e lo guardò meglio.

Lo lasciò cadere in una mano e sussultò quando toccò la sua pelle, poi ci chiuse le dita intorno e lo tenne stretto per circa cinque secondi prima di gettarlo di nuovo nel contenitore. Quando riaprì la mano c'era una bolla rossa che sembrava quasi una puntura di zanzara.

"Mi aspettavo qualcosa di un po' più drammatico,"

ammise Stasia. In base a quello che si vedeva nei film la sua pelle avrebbe dovuto avere un aspetto terribile, e non essere solo leggermente irritata. Ma naturalmente quello non era un film.

Rowe fece una risatina. "Anch'io, onestamente. Ecco perché ho sussultato. Noi abbiamo provato a maneggiare l'argento. Potevamo non farlo? Siamo dei fottuti licantropi. Ma è davvero difficile trovare armi d'argento ed è un metallo piuttosto morbido. Ma magari qualcuno ha capito qualcosa. Devo dirlo a Gibson." Rowe prese il contenitore con il proiettile dentro.

"Certo." La stessa Stasia probabilmente l'avrebbe riferito al capo se avesse avuto qualche minuto in più per pensare. "Questo è il primo problema medico grave che avete avuto, vero?" chiese Stasia. Le faceva male pensare che avrebbe potuto esserci Owen, steso su quel lettino. Non conosceva bene gli altri, ma sembravano abbastanza cordiali. Ora capiva perché non potevano andare in ospedale.

Rowe annuì. "Per lo più abbiamo avuto tagli e contusioni," disse. "Ho abbastanza esperienza sul campo per potermene occupare. E guariamo talmente in fretta che di solito non ce n'è bisogno. Una volta c'è stata anche un'intossicazione alimentare. Ma anche in un caso del genere ci riprendiamo in fretta."

"L'avete fatto. Finora. Ma cosa sarebbe successo se non avessi estratto quel proiettile da Vega?" Lei non sapeva se avrebbe potuto ucciderlo. Non sapeva *niente*. Ma già la sua mente da medico stava lavorando sodo per pensare alle cose di cui quel branco aveva bisogno. E un vero medico addestrato avrebbe potuto far loro un gran bene.

"Forse dovresti parlarne con Gibson," suggerì Rowe. "Ora vado a dirgli del proiettile. Voi due avete bisogno di qualcosa?"

Non ne avevano. Rowe le lasciò sole e Stasia tornò a sedersi. Forse era il momento di pensare a come mettere a frutto le sue capacità in un nuovo campo.

22

CAPITOLO VENTIDUE

Owen era pronto a fare a pezzi il rifugio per trovare Stasia. Prima pretese che Rowe gli dicesse dov'era, ma lui non lo sapeva. Em era da sola in cucina, e nessun altro aveva risposte.

Il suo lupo minacciava di prendere il sopravvento e di usare i suoi sensi superiori per darle la caccia, ma lui non aveva intenzione di lasciarlo fare. Non in quel momento. Aveva la sensazione che Stasia ne avesse abbastanza di lupi per quel giorno e che non fosse ansiosa di vederlo nella sua altra forma.

Ciò non rendeva felice la sua metà animale. Ma lui non aveva tempo di addolcire la bestia. L'avrebbe fatto più tardi. Doveva solo trovare Stasia e tutto sarebbe andato bene.

Non era nelle camere da letto al piano superiore. Gibson aveva insistito per allestire una zona notte in caso avessero avuto bisogno di ospitare un cliente o di dormire in città, e quel giorno la cosa aveva finalmente acquisito un senso.

Alla fine controllò il magazzino. Non lo usavano molto, anche se era un'area adatta all'allenamento, con tutto quello spazio aperto. La trovò seduta su una catasta di pallet, dondolava le gambe avanti e indietro e i pallet oscillavano precariamente ad ogni movimento. Ma Stasia non sembrava troppo preoccupata di cadere. Quando lo vide gli rivolse un debole sorriso.

Owen si avvicinò ma si costrinse a lasciare una certa distanza tra loro. Voleva prenderla tra le braccia, voleva stringerla a sé, e baciarla, e reclamarla, e fare sesso fino a che entrambi avessero dimenticato i loro nomi. Il lupo sapeva che era la cosa giusta da fare. L'uomo non ne era altrettanto sicuro.

"Ti stai godendo il panorama?" chiese. Avrebbe voluto chiederle se stesse bene, ma aveva la sensazione che lei avrebbe potuto urlare se l'avesse fatto. Erano tutti preoccupati per il suo benessere. E se era seduta in un magazzino vuoto invece che in una delle stanze arredate, immaginò che stesse cercando di sfuggire a quelle ansie.

"Questo è veramente il miglior panorama che New York possa offrire, vero?" Suonò sarcastica, ma gli rivolse un sorrisetto.

Stava scherzando. Era un bene. Non scherzava spesso, e certamente non quando le cose erano terribilmente serie.

"Non saprei. Lì fuori sul retro c'è un cassonetto della spazzatura di cui i turisti non si stancano mai." Non poté resistere all'impulso di avvicinarsi di un passo, ma non la toccò. Se l'avesse toccata non pensava che sarebbe riuscito a fermarsi.

"Sto bene," disse lei, ma sembrava che stesse cercando di convincere se stessa. "Lo so che volevi chiedermi questo. Direi che la spalla non faccia poi così male. Ho preso un paio di compresse di ibuprofene e questo sembra aver aiutato. Non mi pare che mi stia crescendo nessun pelo strano. E non sento il bisogno di andare a caccia di scoiattoli." Si spostò sul pallet, ma i pallet si spostarono a loro volta sotto di lei, quindi saltò giù per evitare di cadere.

"Non è per questo che sono venuto a cercarti," disse Owen. Era così vicina che lui avrebbe potuto strofinarsi contro di lei. Lo avrebbe fermato? Lui stava praticamente vibrando dal bisogno di ridurre ancora la distanza tra loro, ma fece del suo meglio per rimanere immobile.

"Allora perché l'hai fatto? Ovviamente siete tutti preoccupati che io stia per trasformarmi in un licantropo." Scosse la testa, incredula. "Come può essere questa, la mia vita?"

"Avrei dovuto dirtelo." Non sapeva come lei potesse non essere infuriata con lui in quel momento. Quello era il più grande segreto che lui dovesse mantenere, e non gli era mai venuto in mente nemmeno di accennarglielo. Solo quando la stava portando a visitare Vega si era chiesto se avrebbe dovuto dire qualcosa. Perché loro non ne parlavano agli estranei.

Ma Stasia non era un'estranea.

"Se me lo avessi detto, non ti avrei creduto. Avrei pensato che fossi pazzo. Ma immagino di capire perché non potessi portare Vega in ospedale."

"Mi dispiace ugualmente."

"D'accordo. Quindi *perché* sei venuto qui?"

"Volevo solo starti vicino." Non era uno che nascondeva le sue emozioni. Sentiva ciò che sentiva e non se ne vergognava. Non avrebbe mai voluto lasciare il fianco di Stasia, e l'ora o giù di lì che avevano passato lontani quel giorno era più che sufficiente. Questo lo rendeva appiccicoso? Sperava di no. Era ancora tutto troppo nuovo tra loro perché lui avesse già voglia di allontanarsi.

"C'è qualcosa che non va?" chiese lei con un'espressione corrucciata, come se volesse risolvere il problema.

Lui non stava evidentemente nascondendo abbastanza bene il bisogno che lo divorava dall'interno. "Voglio baciarti." Non si baciavano da ore e lui moriva dalla voglia di farlo.

"Non mi sembra un problema."

"Se ti bacio, non so se potrò fermarmi." Era disarmante il candore con cui lui apriva il cuore a liberare le sue emozioni, lasciando lì la sua anima esposta perché lei la vedesse.

"Non mi sembra un problema," ripeté Stasia.

Owen non se lo fece dire un'altra volta. Annullò la distanza tra loro e la prese tra le braccia, unendo le loro bocche in un bacio appassionato. Il corpo di Stasia si adattava al suo come se fosse fatto per lui e Owen non si sarebbe mai saziato della sensazione che gli dava la sua pelle morbida e setosa.

Lei aprì la bocca sotto quella di lui e lasciò che la sua lingua la possedesse. Il sapore di lei lo avvolse e Owen gemette. Era perfetto. Era puro piacere.

Ma non era abbastanza. Le sollevò una gamba e poi l'altra, spingendola ad aggrapparsi alla sua vita in modo che lui sostenesse tutto il suo peso. Poi avanzò fino a farla appoggiare su quella precaria catasta di pallet e diede tutto se stesso in quel bacio.

La sua erezione era come acciaio intrappolato tra loro e lui avrebbe dato tutto ciò che possedeva in cambio del potere di incenerire magicamente i loro vestiti per poterla prendere proprio lì.

Ma sentì una macchina suonare il clacson lì fuori, e fu uno sgradevole promemoria del fatto che chiunque poteva entrare in qualsiasi momento.

Quella era una cosa privata, una cosa tra lui e Stasia. Non avrebbe permesso che qualcun altro li vedesse.

Un ascensore di servizio li portò dal magazzino fino al piano residenziale coprendo quasi tutto il tragitto, e poi rimaneva solo un'altra rampa di scale per arrivare alla stanza in cui avrebbero passato la notte.

Gibson aveva chiesto se Stasia avrebbe avuto bisogno di una stanza tutta per sé, ma Owen aveva risposto che l'avrebbero condivisa. Non avrebbe lasciato che la sua compagna si allontanasse da lui.

C'era solo un semplice letto doppio, non un matrimoniale grande, e ci sarebbero stati un po' stretti ma sarebbe andato bene comunque. Owen chiuse la porta con un calcio e fece sedere Stasia sul letto. E nel tempo che impiegò a trovare l'interruttore, accendere la luce e tornare da lei, Stasia si era già tolta metà dei vestiti e stava iniziando a liberarsi dei pantaloni.

Rimase un attimo fermo a guardare la spalla bendata e ringhiò al pensiero che qualcun altro avesse affondato in lei le sue zanne.

Avrebbe potuto uccidere Vega per averlo fatto. Per aver osato fare del male alla sua compagna.

"Accidenti, come cazzo ho fatto a non accorgermene?" La domanda di Stasia lo distolse da quel momento di rabbia.

"Cosa?" ribatté lui con un ringhio.

Lei finì di togliersi i pantaloni e si inginocchiò sul letto, completamente nuda e sicura di sé nella sua nudità. Allungò una mano e lo tirò per un braccio finché lui non le fu vicino, e gli accarezzò una guancia. "I tuoi occhi cambiano colore. E credo che ora i tuoi denti siano più appuntiti. Pensavo fosse solo un effetto della luce. Invece è una cosa da licantropo, vero?"

La prima volta che Owen se n'era accorto si era spaventato, ma ora capiva che era solo il suo lupo che cercava di avvicinarsi alla loro compagna. "Ti fa paura?" chiese.

"Dovrebbe?" ribatté lei.

"Non ti farei mai del male."

Si baciarono di nuovo. Owen riuscì a togliersi i vestiti e fece sdraiare Stasia. Lei aveva detto che la spalla non le faceva male, ma lui era determinato a essere delicato e a prendersene cura come meritava.

Le tracciò un percorso di baci fino al ventre e le

allargò le gambe in modo che fosse aperta per lui. Voleva banchettare. E lo fece, passando la lingua sul suo sesso e gemendo di piacere mentre lei si contorceva intorno a lui.

Stasia gli infilò una mano tra i capelli e guidò la sua testa esattamente dove la voleva. La sua Stasia non rinunciava al controllo. Era una delle cose più dannatamente sensuali di lei.

Tutto in lei era sexy.

Ma Owen era deciso a mostrarle che sapeva esattamente di cosa aveva bisogno, e non si sarebbe fermato finché lei non avesse gridato di piacere.

Fece roteare la lingua e la immerse in tutti i suoi più intimi recessi, e quando lei lo chiamò per nome ansimando, lui lo prese come un incoraggiamento.

Stasia strinse il suo viso fra le cosce mentre si concedeva con abbandono al piacere, e non ci volle molto perché cominciasse a gemere forte e a gridare.

Lui era diventato duro come acciaio solo a sentire il suo sapore, il suo odore e i suoi lamenti, e quando si spostò al suo ingresso e si spinse dentro, non riuscì a fermare i gemiti di piacere mentre il sesso stretto e caldo di lei lo avvolgeva.

Fu un tortura cercare di rallentare, ma era il genere di tortura di cui un uomo godeva. I loro sguardi si incatenarono e lui non seppe se fosse un effetto della luce o qualcosa di più sinistro, ma pensò di aver visto qualcosa di diverso negli occhi di Stasia.

Il suo lupo?

Qualcos'altro?

Ma era sparito in un battito di ciglia, e ora si muovevano insieme in una danza antica come il tempo stesso. E presto il corpo di lei si irrigidì intorno a lui e bastò quello perché Owen la raggiungesse nell'estasi.

23
CAPITOLO VENTITRÉ

STASIA SI SENTÌ UN PO' COME UN LADRO DI NOTTE, O, BEH, DI mattina, mentre sgattaiolava fuori dalla stanza che lei e Owen avevano condiviso. Lui si era stretto a lei per tutta la notte e lei gli si era accoccolata addosso come se fosse un orsacchiotto gigante. Era stato bello. Più che bello. Non aveva mai sentito il bisogno di coccole in una relazione, in passato, ma con Owen non avrebbe mai smesso.

Ma non voleva svegliarlo visto che dormiva così serenamente. Mentre si vestiva si chiese se cambiare o meno la benda sul segno del morso. Lo tastò con due dita per controllare.

Sembrava un po' come un vecchio livido, un po' doloroso, ma non troppo. Avrebbe dovuto sentirsi peggio.

Decise di lasciare la benda così com'era. Non voleva toglierla e scoprire che era magicamente guarita, prova certa che si stesse trasformando in un licantropo, ammesso che in quella faccenda esistessero prove certe. Non sapeva ancora se avesse solo immaginato la ferita provocata dal bisturi e che, nel caso, era miracolosamente guarita, nello stesso momento in cui era stata morsa.

Se non avesse pensato troppo a tutte quelle cose, non sarebbe uscita di testa.

Seguì il corridoio fino a una scala, e poi si affidò al suo naso seguendo il profumo di frittelle e pancetta.

Andre, Leland Rowe ed Em erano tutti in cucina con dei piatti di cibo davanti. A quanto pareva avevano deciso di fermarsi per la notte.

Stasia si sentì arrossire.

Avevano sentito lei e Owen che ci davano dentro? Secondo le storie e i programmi televisivi sul tema i licantropi avevano i sensi super sviluppati, udito e olfatto potenziati e forse anche la vista. E lei e Owen *non* erano stati silenziosi.

Tenne la bocca chiusa. Non avrebbe detto una parola sulla faccenda, e sperava che ciascuno di loro facesse altrettanto. Sarebbe stata una prova di buona educazione.

Andre stava lanciando occhiatacce a Rowe ed Em, che chiacchieravano a bassa voce su un lato di un grande tavolo. Stasia trovò due vassoi, uno di frittelle e uno di pancetta, e si servì dando per scontato che la colazione fosse stata preparata per tutti.

Mentre si avvicinava capì che Rowe ed Em stavano parlando di una band che Stasia non conosceva.

Era un bene, per Em. Stasia voleva bene a sua sorella

ma non era nemmeno lontanamente appassionata di musica quanto lei. Era bello che potesse trovare qualcuno con cui parlare dei suoi interessi. La gente era in gran parte più che altro abbagliata dalla sua fama e lei non riusciva ad avere una conversazione normale con nessuno. Rowe non sembrava avere quel problema. Forse non sapeva nemmeno chi fosse. O forse non gli importava. Qualunque fosse il motivo, Stasia era contenta che sua sorella avesse trovato un amico.

Ma perché Andre li stava guardando così male? Era uno di quegli stronzi che pensavano che la musica di Em non fosse abbastanza elevata? Pensava che non meritasse la sua fama? Stava ridendo di quella conversazione? O di Rowe?

Em aveva lavorato sodo per arrivare dov'era. Stasia ne era stata testimone in prima persona. Quando era in tour finiva spesso per crollare dalla stanchezza, ma da se stessa pretendeva sempre di andare avanti senza cedimenti. E se Andre non riusciva a mostrare rispetto per quell'impegno, avrebbero dovuto scambiare due parole.

Stasia prese posto a tavola proprio accanto a lui, pronta a riprenderlo se fosse stato necessario. Lui le rivolse un sorriso tirato e abbassò lo sguardo sul suo piatto, ma almeno non stava più lanciando occhiatacce a Em e Rowe.

Un minuto più tardi entrò Bryan Vega. Aveva un passo baldanzoso ed era tutto sorrisi, che però gli sparirono dal viso quando vide Stasia, rimpiazzati da uno sguardo di rimorso. Non sembrava un uomo a cui avessero sparato il giorno prima. E lei non immaginava che un licantropo potesse sembrare un cane bastonato. "Ciao," esordì lui.

"Buongiorno," rispose Stasia. Forse avrebbe dovuto mostrarsi arrabbiata con lui, ma sembrava che avesse paura di lei.

Era lui il lupo in quella situazione. Avrebbe dovuto essere lei quella spaventata. In quel momento sembrava non poter far male a una mosca. E Stasia sapeva che non era in sé quando l'aveva morsa. Aveva già lavorato su pazienti del genere in passato, quelli che soffrivano così tanto o erano in uno stato mentale così alterato che non avevano idea di cosa stessero facendo. Non avevano realmente intenzione di aggredire i loro medici. E rinfacciarglielo avrebbe solo peggiorato la situazione.

"Mi dispiace tanto," disse Vega, tutto contrito mentre gli sgorgavano quelle parole di bocca. "Stai bene? Come ti senti? Posso portarti la colazione? Vuoi un caffè?" Quelle domande gli uscivano così in fretta che lei riusciva a stento a dar loro un senso.

Stasia picchiettò la forchetta sul piatto e dovette trattenere un sorriso. Vega era giovane, probabilmente sui venticinque anni, e aveva quel tipo di fascino fanciullesco grazie al quale alcuni uomini riuscivano a farla franca dopo un omicidio. "Sono a posto così. Grazie per l'offerta. E sto bene. È tutto a posto."

Ma Vega rimase lì impalato e gli altri smisero di parlare. La stavano guardando tutti come se si aspettassero che andasse fuori di testa da un momento all'altro.

Il giorno prima sarebbe potuto succedere. E odiava pensare che il sesso avesse risolto l'intera faccenda, ma era vero che quella mattina si sentiva molto più rilassata. E comunque non c'era niente che potesse fare. Era stata morsa da un licantropo. Forse si stava trasformando anche lei. Forse sarebbe successo entro tre mesi. Forse entro tre ore. Forse non sarebbe successo affatto. Non lo sapeva nessuno.

Faceva paura? Sì.

Odiava non sapere cosa sarebbe successo? Ovviamente.

Ma in quel momento doveva accettarlo e basta.

"Va tutto bene," ripeté. "Non è che voi ragazzi abbiate un manuale di istruzioni. Prima o poi ci capiremo qualcosa." In ospedale era abituata ad avere le situazioni sotto controllo, ma ciò non significava che sapesse tutto. Voleva solo che le cose tornassero alla normalità, almeno in parte, il più presto possibile.

Impiegarono tutti qualche secondo per accettare le sue parole, ma poi Vega andò a prendere da mangiare ed Em e Rowe alla fine ripresero le loro chiacchiere.

"La stai prendendo bene," le disse Andre. Stava guardando Rowe come se si aspettasse che l'uomo facesse qualcosa, ma Stasia non sapeva cosa.

"Ho altra scelta?" gli chiese, ed era una domanda seria.

Andre non aveva risposte.

Stasia percepì un cambiamento nell'aria e non fu sorpresa di vedere Owen varcare la soglia. Il suo viso si aprì in un gran sorriso quando la vide; attraversò la stanza diretto al tavolo e le diede un profondo bacio.

Stasia ricambiò senza esitazione ma quando lui si

ritrasse rimase un po' confusa. Non aveva mai amato le effusioni in pubblico, e poi Owen non era tecnicamente la sua guardia del corpo? L'immediatezza del bacio era stata sufficiente a superare ogni esitazione iniziale, ma stava affrontando molte cose al momento. Owen però baciava davvero bene, e lei non voleva che smettesse.

"Buongiorno," disse lui, passandole una mano tra i capelli e sorridendole come se fossero le uniche due persone al mondo.

"Buongiorno." Perché aveva un tono di voce così alto? Cosa le stava facendo?

Quando finalmente si ricordò che c'erano altre persone nella stanza, lei si guardò intorno e vide Vega, Rowe e Andre rivolgere a Owen larghi sorrisi, e fu certa che di lì a poco avrebbero cominciato a prenderlo in giro. Em sembrava altrettanto compiaciuta.

"Quindi siamo arrivati alla fase di pubblica manifestazione della nostra relazione?" La domanda le sorse spontaneamente senza che lei volesse realmente pronunciarla ad alta voce.

Relazione. Era una relazione, la loro?

Non sapeva che parola scegliere, ed era quasi preoccupata di spingersi un po' troppo oltre. E se fossero stati solo ormoni da licantropo? Non aveva l'aria di qualcosa destinato a esaurirsi in pochi giorni o settimane, forse sarebbe durato per sempre, ma era ancora tutto così nuovo.

Il sorriso di Owen si allargò. "Hai detto relazione." La baciò di nuovo.

Stasia gemette, ma non di piacere. "Vai a prenderti

da mangiare." Gli diede uno spintone per gioco e lui si allontanò a riempirsi il piatto di frittelle e pancetta per conto suo.

Fidanzato. Guardia del corpo. Qualcosa di più?

C'era una parola ai margini della sua coscienza, evocata da tutte quelle stronzate sui licantropi, e lei si chiese se fosse quella giusta.

Era possibile che Owen fosse il suo compagno?

24
CAPITOLO VENTIQUATTRO

STASIA SI SCUSÒ E USCÌ PER ANDARE IN BAGNO, E OWEN RIUSCÌ a rimanere al suo posto per un intero minuto prima di seguirla in corridoio. Era consapevole che lei non potesse voler essere seguita ogni minuto, e considerò una grande prova di equilibrio rimanere semplicemente in corridoio nell'attesa che tornasse, piuttosto che seguirla e aspettarla proprio davanti alla porta del bagno.

Non era così appiccicoso.

Davvero.

Stasia sollevò le sopracciglia quando lo vide appoggiato al muro fuori dalla cucina. "Che succede?" chiese. Si avvicinò, lasciando che le sue dita gli sfiorassero il fianco.

Fu un sollievo, una conferma del fatto che lui non era l'unico a pensare che fossero troppo distanti quando non si toccavano.

"Volevo solo vederti." Il suo lupo era un po' più tranquillo dopo la notte passata, anche se lui si sentiva ancora come se dentro di sé vivesse una seconda creatura autonoma, invece di essere entrambi un'unica entità come prima dell'incontro con Stasia. Ma se fosse riuscito a tenerla accanto a sé, era abbastanza sicuro di poter imparare a conviverci.

"Mi hai visto per tutta la mattina," gli fece notare lei mentre si avvicinava ancora, fino ad appoggiarsi interamente contro di lui.

Owen la cinse con le braccia e la tenne stretta a sé. Non aveva voglia di scherzare. "Ti volevo tutta per me," confessò. Avrebbe potuto maledirsi per non essersi svegliato con lei. Avrebbero potuto fare di nuovo l'amore nella luce del mattino, per poi passare tutto il giorno a letto. O almeno restarci per tutto il tempo che gli altri avessero concesso loro prima di disturbarli. Sicuramente qualche ora.

"Ti stai trasformando nel signor gelosia?" Sorrise mentre lo chiedeva, ma lui aveva la sensazione che Stasia avrebbe smesso di sorridere se avesse continuato a lungo.

Owen in passato non era *mai* stato possessivo nei confronti di nessuna donna. Non ne aveva mai ravvisato il bisogno, per quanto ci tenesse. Si fidava delle sue partner, sapeva che se stavano con lui era perché lo volevano. Ma non aveva mai provato un sentimento così intenso e così in fretta per una persona. Non che non si fidasse di Stasia. Avrebbe scommesso l'anima sulla sua onestà. Voleva solo tenersela vicina e far tesoro del tempo passato insieme il più a lungo possibile.

Le accarezzò una guancia e la baciò, piegando la

testa per impossessarsi della sua bocca in una appassionata dichiarazione. Ci mise tutto il suo cuore, mostrando con i fatti ciò che ancora non poteva esprimere a parole.

E Stasia gli andò incontro, intrecciando la lingua con la sua come se fossero stati fatti l'uno per l'altra.

Compagna.

Ora la parola veniva naturale, qualcosa da amare piuttosto che da combattere. Essere stato trasformato in un licantropo aveva portato un'estrema confusione nella sua vita, ma Owen non era più confuso su ciò che provava, su Stasia. Lei era *davvero* la sua compagna, qualunque cosa significasse e comunque fosse andata a finire. Il lupo lo sapeva, e ora anche l'uomo lo accettava.

L'avrebbe tenuta accanto a sé per sempre.

Fece scorrere le mani sui suoi fianchi, tenendola stretta. Voleva fare di più, voleva denudarla e scivolare ancora dentro di lei. Voleva marchiarla perché tutto il mondo sapesse che lei gli apparteneva.

Le sue zanne spingevano per uscire, anche se lui manteneva la sua forma umana. Solo un piccolo morso, quanto bastava per rendere completo il loro legame.

E se anche lei stessa alla fine avesse avuto zanne e pelliccia, avrebbe potuto marchiare lui allo stesso modo.

Quel pensiero gli procurò un'erezione. Poteva essere la sua compagna in tutto e per tutto, per sempre, e capirlo come nessun altro. Era egoistico volerlo? Festeggiare il fatto che la vita di Stasia fosse stata completamente sconvolta quando era stata trascinata nel suo mondo?

Lei gli morse un labbro e Owen gemette.

Si spinse contro di lei e fu una sorta di tortura. Lì non potevano cominciare a fare niente. Metà della squadra era a pochi metri di distanza e chiunque si sarebbe potuto avvicinare lungo il corridoio in qualsiasi momento. Non voleva che loro lo vedessero possedere la sua compagna, ma la minaccia di essere scoperti aggiunse un disperato calore a quel bacio.

Doveva fermarsi, ma non ci riusciva. Non mentre la bocca di lei era avida quanto la sua.

Sentiva quasi l'odore del suo desiderio. Il suo olfatto in forma umana non era acuto come quando era un lupo, ma ultimamente si era sviluppato e riconosceva tutti i desideri di Stasia, o stava cominciando a farlo, e sarebbe diventata la missione della sua vita scoprirne ogni segreto.

Era compito suo, come suo compagno.

Non ci sarebbe voluto molto per trascinarla in una stanza libera e fare ciò che desiderava con lei. Era sicuro che lei ci sarebbe andata. Ma era difficile ricordare la disposizione degli uffici mentre la sua mente era concentrata su Stasia.

E non contava quanto fosse disperato, non voleva fare sesso accidentalmente nell'ufficio di Gibson. Sarebbe stato brutto.

I suoi sensi colsero lontanamente un rumore, e non veniva dalla sua compagna.

Passi. Si avvicinavano. Non sapeva di chi fossero.

A malincuore Owen si tirò indietro, ma non poté staccare gli occhi dalle labbra gonfie e dai capelli scompigliati di Stasia. Non c'era dubbio che fosse stata baciata a fondo, e nessun dubbio su chi l'avesse fatto.

Sorrise con oscura soddisfazione maschile.

"Cavernicolo," disse lei scuotendo la testa con un sorriso affettuoso.

Lui amava quel sorriso, voleva vederlo più spesso. Owen si batté i pugni sul petto come il personaggio di un cartone animato prima di chinarsi a rubarle un altro bacio dolce e rapido, costringendosi a staccarsi prima che diventasse più profondo. "Vuoi vedere la mia clava?"

Lei scoppiò a ridere. "Santo cielo, dovrei mollarti per questa battuta." Lo spinse via, mettendo spazio tra loro anche mentre sorrideva, quasi suo malgrado, a quella sciocchezza.

"Non ti libererai di me." Era una promessa e una minaccia allo stesso tempo.

Stasia alzò gli occhi al cielo. "Dai, torniamo dentro. Altrimenti penseranno che siamo sgattaiolati via per una sveltina."

"Potremmo ancora farlo." Owen fece un cenno verso l'estremità del corridoio. Stava per lo più scherzando, ma la sua erezione sarebbe stata pronta al cento per cento per quell'eventualità.

"Andiamo, cavernicolo." Lo prese per un braccio e lo condusse di nuovo verso la cucina.

25
CAPITOLO VENTICINQUE

IL RICORDO DEL BACIO ERA ANCORA FRESCO SULLE SUE LABBRA turgide quando Stasia sedette nuovamente al tavolo della cucina. Owen arrivò un attimo dopo e tutti si scambiarono sguardi complici. Già, impossibile nascondere cosa avessero fatto. Ma forse non ce n'era bisogno.

Era un pensiero esaltante. Non aveva mai avuto qualcuno veramente degno del titolo di *compagno* in passato, ma Owen poteva esserlo. Forse avrebbe potuto fare affidamento su di lui per sempre.

Forse questa volta non sarebbe stata ferita.

Owen sedette proprio accanto a lei e Stasia si aspettava che i ragazzi avrebbero cominciato a fare battutacce su di loro, invece non dissero nulla. Meglio così.

Lei non li conosceva bene. Non ancora. E in realtà non voleva avere a che fare con il loro modo abituale di prendersi in giro, qualunque fosse. Dopo tutto si trattava di un gruppetto di ex militari che sapevano mostrare affetto solo usando insulti e parolacce.

Non voleva che la coinvolgessero nella loro goliardia; era una cosa che solo gli amici intimi, e le sorelle, potevano permettersi con lei. E anche così, fra tutte le sue sorelle solo Em ci aveva provato. Tabitha, Ally e Heidi non si sarebbero azzardate, e Emmy aveva solo tre anni.

Forse un giorno quei ragazzi sarebbero stati suoi amici. Forse sarebbe diventata un licantropo e presto avrebbe fatto parte del branco, ma non quel giorno.

Il suo telefono suonò e lei desiderò ignorarlo, ma controllò lo schermo e vide che si trattava di suo padre. La chiamava così di rado che dovette chiedersi se ci fosse qualcosa che non andava. Non si concedeva pause dai suoi progetti di dominio del mondo se non c'erano validi motivi.

Era successo qualcosa con i rapitori? Gliene era sfuggito uno? Era ancora in pericolo? Aveva ancora bisogno che Owen le facesse da guardia del corpo?

Era strano quanto desiderasse che la risposta all'ultima domanda fosse un sì. Solo una settimana prima aveva lottato con tutte le sue forze contro quell'eventualità. Ora non poteva immaginare di lasciarlo andare.

Era un po' in ansia quando rispose. "Cosa c'è? Va tutto bene?" Non perse tempo con i convenevoli. Suo padre era troppo impegnato per ritenerlo importante.

Ma Armand Selby continuava a mostrarsi pieno di sorprese. "Ho appena ricevuto la lista degli invitati alla festa di compleanno di Emmy. Perché tu non ci sei?" chiese, con lo stesso tipo di enfasi che avrebbe usato per negoziare un patto tra nazioni in guerra.

Stasia sentì la necessità di allontanare il telefono

dall'orecchio e guardare lo schermo per assicurarsi che non le stessero facendo uno scherzo. Ma il numero era quello di suo padre. E anche la voce sembrava proprio la sua. Lo riportò all'orecchio. "Stai scherzando? Non ci vado. Sono quasi stata rapita, questa cosa non mi dà un po' di tregua?" E non aveva già fatto un'identica conversazione con AR? Cosa c'era di così speciale nel compleanno di Emmy? Nessuno di quelli degli altri suoi fratellastri era mai stato festeggiato così tanto.

Sentì Owen ringhiare accanto a lei, e allungò una mano posandola sulla sua coscia per calmarlo.

"Sei una Selby e devi esserci," insistette suo padre, come se stessero parlando di qualcosa di più importante di una festa per bambini. Ma non era così. Semplicemente a volte suo padre sembrava avere un bastone su per il culo senza che si potesse smuoverlo dalle sue posizioni. E a quanto pareva il compleanno di Emmy era una di quelle volte.

Stasia non voleva più avere a che fare con le stronzate dei Selby. Il cancro le aveva portato via la madre, ma lei portava il suo nome per un motivo. "Io sono una Nichols e farò quel che diavolo voglio." E poi azzardò qualcosa che non aveva mai fatto in vita sua: chiuse la comunicazione in faccia a suo padre.

Era una bella sensazione.

I ragazzi la stavano guardando tutti con la curiosità negli occhi ed Em aveva un gran sorriso stampato in faccia.

"Bel colpo, sorellina," disse. Se fosse stata più vicina, Stasia era sicura che l'avrebbe raggiunta e abbracciata.

"Avrei dovuto farlo molto tempo fa." Amava suo padre, nonostante il loro rapporto fosse un po' complicato. Ma non gli avrebbe permesso di gestire la sua vita. Men che meno quando si trattava di qualcosa di così insignificante come la festa di compleanno di quella bambina.

"Cosa sta succedendo?" chiese Rowe. Sembrava il più confuso tra tutti loro. Andre pareva interessato cercando di non darlo a vedere, mentre Vega se ne stava immobile, come se Stasia potesse dimenticarsi della sua presenza. Owen non sembrava affatto confuso. Ovviamente lui conosceva già tutta la storia.

Non c'era motivo di nasconderla, e del resto Stasia ogni volta che la ripeteva la trovava sempre più assurda e divertente. "Presto ci sarà la festa di compleanno della nostra sorellina. Emmy. Compie tre anni. E tutti stanno cercando di completare la lista degli invitati." Le sembrò un fatto ancora più insignificante, raccontato così.

Lo sguardo di Rowe corse da Em a Stasia, ma fu Andre a parlare. "Em e Emmy?" chiese. "Diminutivi di cosa? Emma e Emerald? Non si capisce."

Il sorriso di Em si trasformò in un'occhiataccia, e fu lei a dare una spiegazione al posto di Stasia. "Ci chiamiamo entrambe Emerald. Papà lascia che siano le nostre madri a scegliere il nome. Ha avuto sei mogli. E dieci figli. Ha dimenticato di dire a Riley, la nostra matrigna ventitreenne, che il mio nome completo è Emerald, così lei ha chiamato Emerald anche sua figlia. Divertentissimo."

Rowe serrò la bocca come se stesse trattenendo una

risata, mentre il viso di Andre aveva un'espressione indecifrabile. Vega continuava a fingersi una statua. Owen conosceva già la storia quindi fortunatamente non stava reagendo in un modo che avrebbe fatto indispettire Em.

"Lo so che non ha senso. È tutto a posto," disse Stasia. Sembrava che i ragazzi rischiassero di rompere qualcosa se continuavano a trattenere le loro reazioni. "Semplicemente siamo incasinati come ogni altra famiglia ricca oggetto di un reality show. Solo che noi non facciamo entrare le telecamere nelle nostre case."

"Quindi tuo padre terrà ancora questa grande festa nonostante il rischio che ti rapiscano?" chiese Owen.

Stasia lo guardò. Lei aveva accennato al fatto che la minaccia del rapimento fosse cessata, ma chiaramente lui non aveva ancora detto niente a nessun altro.

Non poteva mentire in proposito. "Sono certa che mio padre sarebbe più che disposto a organizzare una festa anche se fossimo tutti a rischio di rapimento, se fosse utile a salvare le apparenze. Ma AR mi ha fatto sapere che i suoi uomini hanno identificato i mandanti e stanno per fare una retata. Ecco perché non ho più una squadra aggiuntiva che mi segue. Ora è tutto a posto." Aveva ancora la mano sulla coscia di Owen e i muscoli di lui si contrassero sotto le sue dita.

Non sapeva cosa dire per rassicurarlo sul fatto che lei non stava per andarsene. Non aveva bisogno di lui solo perché era la sua guardia del corpo. Lo voleva per molto più di questo. Voleva tenerlo accanto a sé per sempre.

Ma prima che potesse capire come dirlo, Willa Hunter fece capolino nella stanza. "Ehi, ragazzi, Gibson ci vuole parlare. La squadra. Stasia ed Em dovranno aspettare per circa un'ora. Andiamo."

Ciò interruppe la conversazione. A quanto pareva la squadra era pronta a scattare a una sola parola di Gibson.

Owen le diede uno strepitoso bacio prima che lui e i suoi compagni lasciassero lei ed Em sole nella stanza.

Stasia desiderò che la festa di compleanno della bambina fosse la maggiore delle sue preoccupazioni.

26

CAPITOLO VENTISEI

GIBSON STAVA ASPETTANDO IL RESTO DELLA SQUADRA QUANDO Willa li accompagnò in sala riunioni e sedette accanto a Vega e Rowe. Owen e Andre presero posto dall'altra parte del tavolo. Gibson era a capotavola con Erin Jackson accanto a lui.

Rivolse a Owen un lungo sguardo prima di girarsi e fare un cenno di saluto a tutti gli altri. Fu un po' strano. Owen voleva dire qualcosa, ma non sapeva cosa.

Sembrava tutto nuovo e diverso un'altra volta, e non necessariamente in senso buono. Si sentiva spiazzato proprio come era successo due anni prima, dopo il rituale che era stato eseguito su tutti loro. Non sapeva cosa stesse succedendo, non lo capiva, e non sapeva se ci sarebbe mai riuscito. Sperava solo che Gibson potesse fare un po' di luce sulla faccenda.

Aveva un portatile acceso di fronte a sé e un proiettore pronto e puntato sul muro bianco nella parte anteriore della sala riunioni. Scelse alcune immagini e le mostrò alla squadra. "Qualcuno vuole dirmi cosa è andato storto nel lavoro di Vega e Rowe?" chiese con calma apparente.

Era così che cominciavano sempre le riunioni di chiusura degli incarichi. Anche se di solito non andava storto niente. E di solito nessuno si prendeva un proiettile.

Vega chinò il capo e irrigidì le spalle. "Ci siamo impigriti," disse Rowe con un accenno di sfida nella voce. "Pensavamo che il lavoro fosse finito e ci siamo distratti. E Vega è quasi stato ucciso."

"Avete intenzione di rifarlo?" chiese Gibson.

Sia Vega che Rowe scossero la testa, seguiti dagli altri componenti della squadra che fecero altrettanto. Non era successo a loro, ma facilmente quell'incarico avrebbe potuto essere stato assegnato a uno qualunque degli altri membri.

"Mi aspetto un rapporto completo entro domattina. Potreste dover rilasciare dichiarazioni alla polizia. In tal caso dovremo inventarci qualcosa sulla presunta ferita di Vega. Ma sono contento che siate vivi." Con ciò si concluse quella parte della riunione. Normalmente andava più per le lunghe. Se fosse andata come al solito Gibson avrebbe tirato fuori foto da ogni angolazione e avrebbe fatto ripercorrere alla squadra l'intero incarico. Erano ancora poco esperti in quel lavoro da guardie del corpo e ogni lavoro era un'occasione di apprendimento.

Ma quel giorno avevano qualcosa di più importante di cui parlare.

"Come sta Stasia?" chiese Gibson a Owen.

Lui avrebbe voluto evitare di rispondere. La sua lealtà nei confronti di Stasia si scontrava con quella verso Gibson. Ma lui sapeva che Stasia e Gibson erano dalla stessa parte. Il maggiore voleva solo essere d'aiuto. E non avrebbe potuto fare nulla se non sapeva come stessero le cose. "Sta bene," disse. "Si è spaventata un po'. Ma sembra che si stia sforzando di accettare la situazione. Forse sarebbe meglio dire che è rassegnata. Dice che succederà quel che deve succedere."

Era più complicato di così, lo sapeva. Ma Owen poteva in realtà riferire solo ciò che lei gli aveva detto. E lui le credeva. Quindi che altro c'era da discutere?

"Chip si sta comportando in modo strano, vero?" chiese Vega, usando il soprannome che Owen si era guadagnato nell'esercito. Doveva essere un soprannome buffo, ma quello non era il momento di scherzare. "Sembra che questo sia più di un lavoro, per te." Il suo tono era a metà tra lo scherno e l'accusa, e Owen dovette ricacciare indietro un ringhio e trattenersi dall'aggredirlo.

Andre lo guardava come se si aspettasse di vederlo partire all'attacco. Non sapeva se l'amico di Vega lo avrebbe appoggiato, o se li avrebbe separati. "Pensi che diventerà un licantropo?" aggiunse Rowe.

Questa volta Owen non riuscì a trattenere il ringhio.

Gibson ignorò la sua reazione. "Non c'è modo di saperlo. Ma è da un po' che mi aspettavo che succedesse qualcosa del genere. Ho seguito le nostre tracce dalla nostra prima muta. Cercando di prendere nota dei nostri sintomi e delle nostre reazioni, delle cose che sono cambiate da quando *noi* siamo cambiati. Non sono un medico o uno scienziato, ma persino io posso vedere che stiamo diventando... di più. Diversi. Non credo che la nostra prima trasformazione fosse anche l'ultima."

"Cosa intende?" chiese Andre, raddrizzandosi sulla sedia.

Anche Owen si chiedeva cosa significasse. E c'entrava forse qualcosa con ciò che i suoi occhi e i suoi denti stavano facendo?

"Siamo tutti diventati più capaci di controllare le nostre forme di lupo di quanto non fossimo in quei primi due mesi. E tutti siamo più consapevoli della nostra forza rispetto e quando eravamo ancora nell'esercito. E penso che qualcosa del nostro essere lupi si stia insinuando nella nostra umanità, così come la nostra umanità si sta insinuando nei nostri lupi. Pensate che abbia un senso?" Nel pronunciare l'ultima domanda guardò direttamente Owen.

Era così. Faceva quasi paura, tanto sembrava familiare. "Credo che a volte i miei occhi si siano trasformati quando ero in forma umana. E anche i denti," ammise Owen. Non c'era bisogno di nasconderlo ai suoi compagni. Erano la sua squadra, il suo branco, e si fidava di loro.

Gibson annuì come se non ne fosse sorpreso, ma prese nota di qualcosa sul suo computer. "Qualcun altro?" chiese.

Erin Jackson alzò la mano. "Io sono riuscita a far comparire gli artigli in forma umana. Una volta. Poi non sono più stata in grado di farlo." Sembrava un po' intimidita mentre lo diceva, come se non potesse credere che stesse armeggiando con i suoi poteri.

Gibson prese un altro appunto. "Quindi cosa facciamo con Stasia?" chiese Willa, a braccia incrociate. "Abbiamo tutti deciso di tenere segreta la faccenda dei licantropi."

"È un po' tardi per questo," mormorò Andre.

"Cosa possiamo fare?" chiese Rowe. "Stasia ed Em ora lo sanno. E non possiamo certo cancellare dalla loro mente questa consapevolezza."

Si guardarono tutti l'un l'altro, come se si potesse palesare qualche magica soluzione. Non successe.

"Aspettiamo e vediamo cosa succede alla compagna di Owen," dichiarò alla fine Gibson.

Owen trasalì come se fosse stato punto. Quella parola stava rimbombando nella sua testa da giorni ormai, ma era strano sentirla pronunciare dal maggiore.

"Compagna?" chiese Andre, allibito.

"Così sembra," rispose Gibson. Guardò Owen, dandogli l'opportunità di contraddirlo. Visto che non lo fece, proseguì. "Uno dei cambiamenti di cui parlavo."

Owen non lo contraddisse, ma nemmeno li rese partecipi dei suoi pensieri. Quello era un nervo scoperto.

"E la sorella?" chiese Rowe. "Dobbiamo morderla?" Owen non era sicuro che Rowe stesse scherzando. "E non vi sembra un volto familiare?"

Andre emise un rumore gutturale che avrebbe potuto essere un ringhio, ma non disse nulla.

"Certo che ti sembra familiare, cazzo," disse Willa, cogliendo Owen di sorpresa. "Ha vinto un fottuto

Grammy l'anno scorso." Lui non sapeva che Willa seguisse il panorama musicale così da vicino.

"Mi prendi per il culo?" chiese Rowe, impressionato. Owen si rese conto che Rowe non sapeva chi fosse Em. Si lanciarono in una discussione di diversi minuti sulla carriera musicale di Em, finché Gibson non li richiamò all'ordine. "Se la giornata di ieri ci ha insegnato qualcosa, è che abbiamo bisogno di qualcuno con esperienza medica. Non sappiamo cosa sarebbe potuto succedere a Vega. Forse sarebbe una buona idea avere con noi un medico a tempo pieno. Qualcosa che Stasia potrebbe prendere in considerazione."

A Owen piacque l'idea.

Ma si chiese se lei sarebbe stata disposta a rimanere.

27
CAPITOLO VENTISETTE

Stasia tornò nella stanza che aveva condiviso con Owen la notte prima. Desiderò che lui fosse lì con lei, e non aveva idea di quanto ancora dovesse aspettare perché la sua riunione terminasse. Poi però odiò l'ansia con cui lo stava aspettando. Chi stava diventando? Non aveva bisogno di un uomo. Non aveva bisogno di dipendere da nessuno, se non da se stessa.

Ma questo non significava che non potesse desiderare Owen.

Prima che potesse immergersi troppo nei suoi pensieri il telefono squillò, e fortunatamente stavolta non era suo padre e nemmeno nessuno dei suoi fratellastri. "Ehi, Luna. Che succede?" L'infermiera di solito non la chiamava, ma era bello sentire una voce amica. Era un promemoria del fatto che il mondo esterno esistesse ancora, un mondo senza licantropi, né rapitori, né feste di compleanno per bambini.

"Ho ottenuto il lavoro," disse Luna con entusiasmo. "Quello di cui ti ho parlato l'altro giorno, ti ricordi?"

Stasia rifletté per qualche attimo. Sembrava passata una vita, anche se si trattava di poco meno di una settimana. Ma poi ricordò. "Congratulazioni!" Era contenta per la sua amica, anche se così non si sarebbero più viste alla clinica.

Ammesso che Stasia fosse tornata alla clinica.

Poteva essere un licantropo e un medico allo stesso tempo? Che tipo di complicazioni avrebbe comportato? Visualizzò mentalmente una stranissima immagine di se stessa che interveniva su un paziente con gli artigli in bella mostra.

"Stanno cercando dei medici," disse Luna. "Voglio dar loro il tuo nome. Credo che saresti perfetta per quel posto."

Stasia avrebbe probabilmente dovuto dire di sì senza alcuna esitazione. Non poteva passare il resto della sua vita a lavorare gratis per quella clinica. Beh, avrebbe potuto, ma non sapeva se sarebbe stato abbastanza appagante. Tornare in un pronto soccorso sarebbe stato il massimo. Esaltante. Avrebbe salvato delle vite ogni giorno.

Era quello, ciò che voleva?

Solo una settimana prima avrebbe probabilmente risposto di sì. Ma le si era aperto un intero nuovo mondo, e ora era piena di curiosità nei confronti di quella specie che mutava forma.

"Sei ancora lì?" chiese Luna.

Stasia si rese conto di essere rimasta in silenzio

troppo a lungo. "Sono ancora qui. Ho bisogno di rifletterci un po' prima che tu dia loro il mio nome. È stata una settimana molto impegnativa."

"D'accordo." Luna non sembrava troppo delusa, ma lei era sempre piuttosto briosa per natura. "Mi devi da bere. E mi aspetto che tu ti faccia sentire. Non mi importa se non lavoriamo più insieme. Siamo ancora amiche."

"Te lo prometto," rispose Stasia, ed era sincera. Aveva la sensazione che avrebbe avuto bisogno di qualcuno di normale, qualcuno che non sapesse nulla del mondo dei licantropi, per tenerla coi piedi per terra mentre la sua vita stava cambiando. E Luna era proprio la persona adatta.

La porta della camera da letto si aprì proprio mentre Stasia salutava e chiudeva la comunicazione. Owen la prese tra le braccia stringendola a sé, e Stasia sentì sciogliersi una parte della sua tensione.

"Hai sentito?" chiese. Avrebbe potuto essere fuori dalla porta già da un po' e lei non sapeva quanto fosse acuto il suo udito. Ora che aveva scoperto che non era del tutto umano, doveva chiedersi cosa fosse in grado di fare esattamente.

"No," rispose lui. Si dondolarono un po' avanti e indietro, abbracciati, come sull'onda di una musica inesistente.

"La mia amica Luna ha trovato lavoro in un nuovo ospedale. Mi ha invitato a fare domanda lì per un posto di lavoro. Stanno cercando dei medici. Probabilmente sarebbe una buona occasione." Sembrava che stesse cercando di giustificarsi con se stessa. Perché un lavoro in ospedale non le sembrava più la cosa giusta? Non era solo la storia dei licantropi. Stasia era alla deriva già da un po', da quando aveva lasciato il suo ultimo lavoro. Non era stata sicura che fosse la cosa giusta allora, e non sapeva se lo fosse in quel momento.

"Vuoi tornare a lavorare in ospedale?" le chiese Owen gentilmente. Era chiaro che non stesse cercando di influenzare la sua risposta. Sarebbe stato molto facile provarci.

"Non lo so," ammise lei. "Dovrebbe essere proprio ciò che fa per me. Lavorare sotto pressione, con importanti responsabilità."

"Ma non è quello che vuoi," ribatté Owen, dando voce apertamente a ciò che lei aveva paura di confessare.

"No, non è quello che voglio." Ammetterlo era strano e liberatorio. Era qualcosa a cui stava girando intorno da un bel po' di tempo. Aveva impiegato tanto tempo e lavorato molto duramente per guadagnare le sue qualifiche e ottenere incarichi in cui avrebbe davvero fatto la differenza. Ma questo non la soddisfaceva più. Non era la cosa giusta. Non più.

"Come sai, noi potremmo avere bisogno di un medico," disse Owen. "Hai salvato la vita a Vega. E probabilmente potresti dirci molto su ciò che succede nei nostri corpi e che noi non capiamo. Non posso garantire grossi guadagni, ma sarebbe interessante."

Era quasi troppo bello per essere vero. Il cuore di Stasia accelerò i battiti e la sua mente turbinò di possibilità. Un medico per i licantropi. Nessun altro aveva quel tipo di opportunità. "Sei tu che me lo stai chiedendo? O è un'idea di Gibson?" Non sapeva da chi dei due preferiva che venisse l'offerta di lavoro. Non voleva che Owen glielo proponesse per pietà o per qualche strano tentativo di tenersela vicino, tuttavia le piaceva l'idea che potesse averci pensato lui invece del suo capo. Anche se la sua mente si opponeva, il suo cuore desiderava che lui la volesse accanto a sé.

"L'ha suggerito Gibson," ammise Owen. "Ma penso che saresti perfetta. Ti voglio qui. Se però mi stessi inventando un lavoro per te, questo comporterebbe molti più favori sessuali," aggiunse.

Stasia scoppiò a ridere, sorpresa. "Probabilmente offrirei favori sessuali gratis."

Non era pronta a prendere una decisione. Non ancora. Non importava quanto fosse intrigante l'idea di essere il medico dei licantropi, doveva rifletterci sopra. Poi Owen la baciò, e lei decise che avrebbe potuto rifletterci più tardi.

28

CAPITOLO VENTOTTO

OWEN NON RIUSCIVA A SMETTERE DI BACIARE STASIA. OGNI momento in cui erano separati sembrava troppo lungo, e in quello lui e il suo lupo concordavano. Il pensiero che lei rimanesse con loro e che lavorasse con loro non faceva che alimentare le fiamme nel suo sangue. Lei non aveva detto di sì. Avrebbe potuto rifiutare. Ma una possibilità che accettasse c'era.

Non si poteva dire cosa riservasse loro il futuro, ma ora avevano l'occasione di scoprirlo.

Stasia strinse le gambe intorno alla sua vita mentre lui l'appoggiava al muro e la teneva in posizione, con il suo sesso che diventava d'acciaio mentre premeva contro di lei.

"Sì," gemette la sua compagna, rendendo il loro bacio più profondo.

La mente di Owen era annebbiata dal desiderio mentre passava in rassegna tutte le cose che avrebbe potuto farle, che avrebbero potuto fare insieme. Avrebbe voluto rapirla e rinchiudersi con lei in una torre da qualche parte, in modo che nessuno li trovasse. La parte più selvaggia della sua mente immaginava di incatenarla al letto, ma quando lei gli morse un labbro, in quella fantasia i ruoli si invertirono finché non fu *lui* quello legato, mentre Stasia approfittava di lui.

Sì.

Toccava a entrambi.

Toccava a ognuno.

Poteva accadere qualsiasi cosa, purché fosse con lei.

C'erano stati momenti in passato in cui lui si era preoccupato all'idea di trovare qualcuno che gli stesse accanto per sempre. Aveva pensato che si sarebbe sentito soffocato, limitato. Ma ora la sua mente era completamente concentrata su Stasia e non c'era alcuna limitazione. Lei era tutto ciò che voleva. Tutto ciò che avrebbe mai voluto.

Compagna.

Quel pensiero era musica per le sue orecchie.

Tenendola in braccio, si girò e con delicatezza la fece sedere sul letto.

"Non mi rompo, sai? Non sono così fragile," disse Stasia con calore mentre si strappava di dosso la maglia lanciandola dall'altra parte della stanza.

"Lo so." Owen si liberò velocemente della sua maglia e si sbottonò i jeans, ma non se li sfilò. Stasia era proprio lì ed era troppo invitante. Si inginocchiò tra le sue gambe e cominciò a baciare ogni centimetro di pelle esposta, prestando particolare attenzione ai seni e sentendola gemere quando con la lingua le stuzzicò un capezzolo.

"Per niente fragile," disse tra un bacio e l'altro. "Ma preziosa. E mia."

Lei gemette di nuovo prima di passarsi le dita tra i capelli e sorprenderlo con una mossa da scuola di jiu-jitsu, usando i fianchi per sollevarlo e rivoltarlo. Si mise a cavallo della sua vita, con i capelli sciolti su di loro come un drappo. "Tua?" Lo sfidò con lo sguardo.

Un altro uomo avrebbe deciso di procedere con cautela, ma Owen era un tutt'uno con il suo lupo e sapeva che era il momento di dimostrare alla loro compagna quale fosse il suo posto. "Assolutamente. Per sempre."

E se pensava che l'avrebbe battuto con una mossa del genere, si sbagliava. Lei aveva qualche asso nella manica, ma lui era un soldato addestrato e una guardia del corpo. E la stava reclamando.

Owen si tirò su a sedere e strinse a sé Stasia, facendo scontrare le loro labbra in un bacio che era come un marchio. La ribaltò a sua volta finché non fu sopra di lei, coprendola con tutto il corpo e bloccandola in quella posizione. Non sembrava che la cosa le dispiacesse, mentre si avvinghiava a lui con braccia e gambe e lo baciava con tutta se stessa.

Lui aveva bisogno di entrare dentro di lei. Il suo sesso pulsava di desiderio e lui poteva praticamente sentire il calore umido di lei premuto contro di sé, ma nessuna forza nell'universo sarebbe stata abbastanza intensa da impedirgli di baciarla.

Lasciò che le sue mani accarezzassero la sua pelle di seta e fu orgoglioso di sentirla rabbrividire mentre lei si perdeva più profondamente in quel bacio. E quando rotolarono di nuovo sul letto Owen non pensò nemmeno di opporsi. Quello non era davvero un scontro tra le loro distinte volontà. Non c'era necessità di domare o conquistare.

Si trovavano in quella situazione insieme.

"Anche tu sei mio, sai?" ansimò Stasia quando finalmente si separarono per un momento.

"Questo non è mai stato in dubbio." C'erano altre parole da dire, una dichiarazione ancora più potente da fare, ma Owen la trattenne. Dopo il morso e le altre rivelazioni, sarebbe stato troppo e troppo presto.

Avrebbe aspettato.

Almeno fino al giorno successivo.

In quel momento aveva bisogno di qualcosa di più fisico. Coprì di nuovo di baci il corpo di lei scendendo verso il basso, e questa volta quando arrivò ai suoi pantaloni cominciò a sfilarglieli. Riuscirono ad aggrovigliarsi e l'imprecazione di Stasia per quella complicazione gli fece venire da ridere.

La sua compagna aveva un lato di sé piuttosto ruvido, sempre pronto a combattere, ma in quel momento erano sulla stessa lunghezza d'onda e lui ne godeva. Gli dolevano i denti e le dita, e sentì il suo lupo salire in superficie.

No.

Cercò di invertire la muta. Stavano facendo qualcosa di umano, qualcosa tra loro due soli, e non aveva intenzione di spaventarla lasciando che l'altra sua metà prendesse il sopravvento.

Noi siamo un tutt'uno, gli sussurrò il suo lupo.

Lo erano davvero? Era un po' difficile crederci, dal momento che stava immaginando la creatura che gli stava parlando.

Non voleva allontanarsi da Stasia, ma ora che il lupo era così vicino alla superficie, così determinato nel reclamarla, temeva di andare troppo oltre. Lei aveva accettato la situazione, ma doveva esserci un limite. E una parte di lui sarebbe morta dentro, se quel limite fosse venuto da lui.

Si ritrasse e si mise a sedere, voltando le spalle a Stasia e respirando profondamente, cercando di ritrovare un equilibrio. Era un uomo. Era con la sua donna. Non c'era bisogno che il lupo fosse coinvolto.

Ma poteva ancora sentirlo, in agguato. Non arretrava di un millimetro, non importava quanto Owen cercasse di ricomporsi. Anzi, la situazione stava peggiorando. La sua mano tremava mentre cercava di passarsela tra i capelli, e quando l'abbassò di nuovo vide che le sue unghie si stavano affilando e mutando in artigli.

Non poteva essere passato più di qualche istante, ma anche Stasia si sollevò a sedere, sapendo che qualcosa non andava.

"Lasciati guardare," disse. "Sono qui."

29
CAPITOLO VENTINOVE

Stasia posò una mano sulla guancia di Owen per fargli girare la testa verso di lei. Lui cercò di resisterle per un momento, poi la lasciò fare. Quando vide i suoi occhi, lei quasi sobbalzò. Erano diventati dello stesso giallo da lupo che aveva già visto, e poteva quasi giurare di aver visto delle zanne spuntare dalla sua bocca.

"Perché cerchi di nasconderti da me?" chiese. Forse la vista del suo lupo così vicino alla superficie avrebbe dovuto spaventarla e allontanarla, ma il suo corpo era ancora teso di desiderio. Non aveva intenzione di scappare solo perché stava vedendo un'altra faccia della vera essenza di Owen.

Lui girò la testa per poterle sfiorare il palmo con un bacio prima di parlare. "Sei già abbastanza in difficoltà, non dovresti essere costretta ad affrontare la mia mancanza di controllo."

"Controllo?" Lei non poté fare a meno di sorridere. Gli baciò la guancia. Lui era troppo vicino perché potesse trattenersi dal toccarlo e non voleva nemmeno provare a resistere. "A me sembra che tu sia abbastanza controllato. O hai intenzione di lasciare che la muta vada oltre?"

"Come puoi guardarmi e dire una cosa del genere?" Sembrava distrutto, e Stasia non voleva mai più sentire quel tono da lui. Il suo uomo era allegro, sicuro di sé. Accettava il suo lupo e la sua vita e non si spaventava per qualche piccolo cambiamento.

Lo baciò, attenta ad evitare le zanne che spuntavano, ma non eccessivamente prudente. E poco dopo approfondì il bacio e scordò le zanne del tutto. Era difficile pensare a qualcosa di diverso da Owen quando erano nudi insieme.

Lei si ritrasse e lo guardò con attenzione. "Non mi sembri una minaccia."

"Non hai paura?" Lui appariva ancora dubbioso.

"Sei un licantropo. Posso sopportare qualche stranezza. Ora torna qui e prendimi." Il prossimo bacio che gli avrebbe dato non sarebbe stato così delicato. Owen diceva che era fuori controllo? L'avrebbe sfidato a dimostrarglielo.

Lui lo fece.

Stasia udì un ringhio nascere dal profondo della gola di Owen e risvegliare qualcosa di sepolto dentro di sé. Non sapeva se lei stessa avesse un lupo, ma era innegabile che un pezzo della sua anima stesse rispondendo a quello di lui, e lei voleva che non smettesse mai.

Lui la fece sdraiare e la premette contro il materasso, baciandola come se la marchiasse. I suoi denti aguzzi erano lì, ma lui non era un vampiro e non erano affilati come rasoi.

I vampiri esistevano?

Quel pensiero fu spazzato via da un'altra ondata di desiderio e Stasia se lo fece sfuggire senza preoccuparsene. Owen le fece scorrere la mano su un fianco e si fermò ad accarezzarle un seno, stuzzicando il capezzolo con il pollice. Lei amava la sensazione delle sue mani sul proprio corpo e voleva di più.

Doveva implorare?

Prima che potesse fiatare, l'altra mano di Owen trovò il suo ingresso e le sue dita penetrarono il suo calore bagnato, immergendosi dentro di lei e forzandola, rendendola pronta per lui.

"Cazzo," gemette lei. E poi fu colta da un pensiero improvviso. "Cazzo! Il preservativo."

Owen smise di muoversi per un momento e Stasia fu sul punto di dirgli che non importava. Prendeva la pillola, potevano correre il rischio. Ma dopo le giornate che avevano avuto, non avevano bisogno di altre sorprese.

Per fortuna Owen aveva rifornito il suo portafoglio e dopo un minuto aveva indossato il preservativo ed era pronto.

Ormai non c'erano esitazioni, nessuna preoccupazione per gli occhi gialli o per il suo lupo che saliva in superficie. Stasia si fidava di Owen e sapeva che non le avrebbe mai fatto del male. Fu liberatorio abbandonarsi a quella fiducia e guardarlo scatenarsi.

Si unirono con una ferocia disperata e i suoni che

emisero non avevano nulla di umano. Stasia non si era mai lasciata sfuggire suoni simili a letto prima di quel momento, ma Owen le tirava fuori tutta la sua intensità e portava ogni cosa a un livello superiore. Tutto era *di più*.

Entrò dentro di lei e insieme si mossero, e il piacere cominciò a montare. Stasia si sentiva riempita completamente eppure voleva di più. Non sapeva nemmeno quantificare cosa fosse quel *di più* mentre stringeva Owen e lo incoraggiava.

"Sono tua." Quella dichiarazione era una verità nata nel profondo della sua anima. Non si sarebbe mai liberata da quella connessione, quel legame impossibile che era sbocciato tra loro. Non si poteva spiegare, era più profondo e più vero di qualsiasi emozione.

Il corpo di lei fremette sotto di lui mentre veniva e Owen emise un ruggito di trionfo raggiungendola. I suoi occhi lampeggiarono di un giallo ancora più intenso e le sue zanne divennero incredibilmente lunghe.

Lei non ebbe il tempo di avere paura quando lui le morse la spalla, marchiandola come sua. Gridò in un misto di piacere e dolore mentre le si oscurava la vista e perdeva conoscenza.

30
CAPITOLO TRENTA

"Sto bene, te lo assicuro. Smetti di guardarmi così." Il segno che Owen le aveva lasciato sulla spalla non era neanche lontanamente grave come temevano. In effetti era già quasi guarito, e dato che sentiva il suo corpo ancora deliziosamente disteso dopo aver fatto l'amore, Stasia aveva la sensazione che alla guarigione avesse contribuito un qualche tipo di stronzata magica.

Il suo uomo licantropo l'aveva morsa. Sapeva che avrebbe dovuto dare di matto. Era il tipo di cosa per cui sarebbe stata una reazione normale. Ma per qualche ragione non lo aveva fatto.

Forse aveva finito la quota di uscite di testa a sua disposizione, o forse si trattava di qualcos'altro. Non aveva intenzione di rifletterci troppo sopra. Avrebbe considerato l'assenza di panico un fatto positivo, per il momento.

"Non sto guardando," protestò Owen. Stava radunando un po' di cose da riportare nell'appartamento di

Stasia. Non c'era molto. All'inizio non avevano avuto intenzione di fermarsi al rifugio per la notte.

Gibson si era offerto di lasciare che restasse lì finché non avessero avuto tutti un'idea più chiara di cosa le sarebbe successo, ma Stasia aveva una bella casa a pochi chilometri di distanza e avrebbe preferito dormire nel suo letto.

Owen e il resto del suo branco avevano impiegato tre mesi per trasformarsi in licantropi; lei non sarebbe rimasta a Brooklyn così a lungo, se poteva evitarlo. E inoltre c'era una mezza possibilità che lei non si trasformasse affatto. Non avevano modo di prevederlo, quindi tutto ciò su cui poteva basarsi era l'istinto e la conoscenza del suo stesso corpo.

Stava cercando di capire se si sentiva diversa. Il suo stomaco era un po' sottosopra, ma gli unici pasti che aveva consumato nell'ultimo giorno e mezzo erano roba unta da fast food. L'ansia e l'eccesso di grassi costituivano una combinazione particolarmente nociva. Non era un sintomo certo di licantropia.

Stasia aveva finalmente trovato il coraggio di controllare il segno del morso che le aveva dato Vega, ed era già guarito abbastanza da poter eliminare i punti. Se li era tolti da sola senza chiedere aiuto.

Era un altro segnale del fatto che probabilmente si stava trasformando in un licantropo. Uno stomaco in subbuglio poteva essere qualsiasi cosa. Ma guarire da una ferita grave così in fretta? Non c'era niente di umano in quello. Stava gestendo il trauma col rifiuto di quella eventualità? Sì. Ma pensava di avere almeno qualche giorno, qualche mese forse, per fare in modo che la sua mente comprendesse la situazione.

Aveva rimesso una benda pulita sul morso solo per non far sollevare domande da parte degli altri ragazzi. Forse era stupido tenerglielo nascosto, ma aveva diritto ad un po' di stupidità almeno per un giorno. Non l'aveva detto nemmeno a Owen e sapeva che lui se la sarebbe presa, ma aveva solo bisogno di un po' più di tempo. Avrebbe capito. Giusto?

Em bussò alla porta e Owen rispose. "Devo partire," disse entrando nella stanza e avvicinandosi a Stasia. Sembrava dispiaciuta. "Il mio manager mi ha sommerso di telefonate. Speravo di poter guadagnare un altro paio di giorni, ma non è possibile. Starai bene? Perché cancellerò il tour e farò tutto quello che devo, se vuoi che io rimanga." Stasia sapeva riconoscere la sincerità quando la sentiva, ed Em pensava veramente quello che aveva detto.

Ma non era qualcosa che Stasia potesse chiederle. Quel tour costava milioni di dollari e migliaia di fan sarebbero rimasti delusi se lei si fosse tirata indietro a quel punto. Senza nemmeno considerare le speculazioni in cui si sarebbe lanciata la stampa. Non poteva fare una cosa del genere a sua sorella. "Sto bene. Ti farò sapere se succede qualcosa. Te lo prometto." Non era una bugia. Non esattamente. Non aveva modo di sapere cosa sarebbe successo né quando.

"E lei ha me," aggiunse Owen. Era il suo guardiano silenzioso, aveva finito con il bagaglio ma era ancora lì, pronto a restare al suo fianco fin quando lei lo avesse voluto.

L'*altro* morso cicatrizzato bruciava al pensiero, ma non era doloroso. Era una sorta di assicurazione sul fatto che Owen c'era ed era una presenza costante su cui poteva sempre contare.

Em gli rivolse un cenno di assenso e diede a Stasia un abbraccio. Era un sollievo sapere che sua sorella non esitava ad avvicinarsi a lei anche se poteva trasformarsi in un mostro peloso in qualsiasi momento. Stasia ebbe un flashback di un'ora prima, quando stava addomesticando il suo mostro personale, e il morso di Owen formicolò di nuovo. Forse la loro famiglia non aveva un sano istinto di sopravvivenza, dopo tutto.

"Ti voglio bene," disse Em, abbracciandola di nuovo. "E farai meglio a chiamarmi. Licantropo o no. Quello schifo è roba forte. Voglio saperne di più." Diede a Stasia un bacio sulla guancia e se ne andò.

Lei sprofondò nel letto e si lasciò sfuggire un sospiro. Forse era fico vedere da fuori tutta quella storia dei licantropi, ma lei era esausta. "Sono pronta per tornare a casa. Mi accompagni tu?"

Lo sguardo che Owen le rivolse era serissimo in quel momento e la sua parola sembrò un voto. "Ovunque."

Lasciare il rifugio non richiese molto tempo. Andre non si trovava da nessuna parte e Vega non si fece vedere. Nessuno degli altri membri del branco le fece particolari domande, anche se lei vide Gibson rivolgere a Owen un'occhiata significativa. Decise di indagare più tardi; per il momento voleva solo andarsene.

Owen andò a prendere la macchina e lei si sistemò sul sedile anteriore. Gli dei del traffico li benedissero e non ci volle molto per tornare a casa. Ma una volta che la macchina fu parcheggiata, non scesero.

Stasia non sapeva bene come comportarsi. Era arrivata fino a quel punto di slancio, ma ora doveva fare delle scelte. Scelte su Owen e su di lei, e su ciò che rappresentavano veramente l'uno per l'altra.

La roba di Owen era in casa, quindi lui doveva entrare almeno per recuperarla, ma non era più la sua guardia del corpo. Si supponeva che lei fosse al sicuro. Chiunque fossero i criminali che le avevano dato la caccia, avrebbero dovuto essere stati sistemati.

Non era certa di conoscere tutta la storia, ma non pensava che suo fratello o suo padre l'avrebbero messa in pericolo di proposito. La usavano come esca? Forse, ma anche se l'avessero fatto, prima l'avrebbero avvertita.

Giusto?

Non doveva rimuginare su *quella* eventualità.

"Posso restare," si offrì Owen guardandola, con una mano sul volante e una sulla plancia in mezzo a loro.

"Come mia guardia del corpo o come mio uomo?" Dopo le notti che avevano passato insieme e tutto ciò che avevano condiviso le sembrò una domanda un po' strana, ma doveva essere sicura. Owen aveva fatto delle dichiarazioni, e non c'era alcun dubbio che si piacessero. La chimica fra loro non era misurabile.

Owen si sporse verso di lei e le diede un bacio bruciante. Quando si ritrasse stava sorridendo. "Questo risponde alla tua domanda?"

Lei non poté fare a mano di portarsi le dita alle labbra. "È passato molto tempo dalla mia ultima relazione. Nessuno dei miei partner è stato come te. E non penso di aver mai frequentato un licantropo. Non sono molto brava con gli appuntamenti." Probabilmente era un po' tardi per metterlo in guardia sul suo curriculum di appuntamenti non proprio stellare. Ma sembrava giusto.

"Posso essere molto più di questo," disse Owen, per nulla scoraggiato dal suo avvertimento. "Voglio tenerti con me per sempre."

Il cuore di lei saltò un battito, ma non era sorpresa. Tutto fra loro era molto intenso. Forse sarebbe stato un bene provare com'era stare con lui senza stronzate da licantropi o rapitori che li minacciavano ogni minuto.

Ma Stasia sentì comunque il bisogno di stuzzicarlo un po'.

"Quindi facciamo sesso un paio di volte e improvvisamente sono la tua compagna predestinata?" chiese con un sorriso. Il peso di quell'ultima settimana si stava alleggerendo e lei poteva provare a immaginare come le sarebbe sembrato semplicemente *stare* con Owen.

Ma Owen si era bloccato lì dov'era, con gli occhi spalancati. "Cos'hai detto?" chiese con cautela.

Quella non era la reazione che lei si aspettava. "Non è quello che raccontano tutte quelle storie? Sei un licantropo. L'argento è un pericolo per te. È ovvio che ci sia una compagna destinata a te. Ma io non ti appartengo." Voleva essere del tutto chiara su quel punto. "Non importa quello che ho detto nella foga del momento.

Non ho intenzione di essere la donna di nessuno. Chiaro?"

Owen annuì scioccato, poi si sporse a baciarla di nuovo, e stavolta fu ancora più appassionato.

"Compagna predestinata. Mi piace come suona." Sorrise.

Entrarono in casa, ma non fecero molta strada prima che Owen la prendesse in braccio e salisse le scale verso la camera da letto, sbattendo la porta dietro di loro.

31
CAPITOLO TRENTUNO

OWEN ERA SEMPRE PIÙ IN APPRENSIONE, MAN MANO CHE LE ORE passavano. Stasia era al sicuro al piano di sopra e dormiva, ma lui stava facendo un ultimo controllo per assicurarsi che tutte le porte e le finestre fossero chiuse e che l'allarme fosse inserito. Era quasi mezzanotte e desiderò che la squadra di sorveglianza fosse ancora sul posto.

Era questo il tipo di paura che derivava dall'amare qualcuno? Si sarebbe sempre preoccupato che potesse arrivare qualcuno a caccia della sua compagna?

O sarebbe andata meglio una volta che si fosse convinto che i criminali che avevano tentato il rapimento erano stati resi inoffensivi?

Avrebbe chiesto a Stasia se poteva parlare con suo padre e suo fratello il giorno successivo. Forse AR o Armand Selby avrebbero potuto dargli un'idea di cosa stesse succedendo. Non avrebbe permesso a nessuno di avvicinarsi di nuovo a lei.

L'allarme era inserito, le porte e le finestre erano chiuse e non c'era molto altro che Owen potesse fare per accertarsi che fossero al sicuro. Prese in considerazione l'idea di fare un giro di ronda intorno all'edificio per vedere se ci fosse qualcuno di sospetto, ma decise che sarebbe stata un'esagerazione.

Non era così paranoico... Ma forse avrebbe dovuto esserlo.

Sentì qualcosa sbattere contro le grandi finestre della biblioteca. Le porte a vetri si aprivano su un piccolo balcone che sarebbe stato un ottimo punto di ingresso se qualcuno fosse riuscito a salire fino a lì. Cosa sicuramente non impossibile, vista la presenza delle scale antincendio, e comunque sarebbe bastato un minimo di attrezzatura da arrampicata.

Andò a controllare, ma il rumore non sembrava essere stato niente di particolare. Forse un uccello o un ramoscello. Allertò tutti i suoi sensi, cercando di usare quelli del suo lupo, ma non percepì nulla di strano.

Era tutto a posto. Stasia era al sicuro. O al sicuro per quanto possibile.

Si diresse di nuovo verso la camera da letto e fu allora che la sentì urlare.

Owen scattò. Chi l'aveva presa? Come aveva fatto a non accorgersi di niente?

Le urla erano strazianti. Sembrava che la stessero pugnalando e Owen sentì gli artigli e i denti sempre più appuntiti mentre faceva irruzione attraverso la porta, pronto ad affrontare chiunque stesse minacciando la sua compagna.

Ma non c'era nessun altro nella stanza.

Stasia era sdraiata sul letto e si dibatteva da un lato all'altro, col corpo madido di sudore mentre gridava di dolore.

Owen dovette fare un respiro profondo per far recedere artigli e denti. La sua compagna aveva bisogno di lui per qualcos'altro. Quello non era un nemico contro cui potesse combattere.

Si avvicinò al bordo del letto senza sapere se toccarla o meno. Alla fine decise di sentire almeno se avesse la febbre. Era un primo passo. Le coprì la fronte con la mano e la sua pelle era bollente.

Quando lei spalancò gli occhi vide che erano dello stesso giallo dei suoi, quando il suo lupo era vicino alla superficie.

Si stava trasformando. Per lui e gli altri erano passati tre mesi dal rituale alla prima muta, invece lei era stata morsa solo il giorno prima, erano passate al massimo trenta ore. Era consapevole della rilevanza di quelle informazioni; era qualcosa che avrebbe dovuto sapere ma in quel momento non gli sembrava importante. Ora doveva solo capire come aiutarla ad attraversare quella fase in sicurezza.

Lui e gli altri si erano trasformati velocemente una volta iniziata la muta. C'erano stati ululati ma non molte urla, e non un dolore di quell'intensità.

Qualcosa non andava come avrebbe dovuto?

Era una cosa a cui una persona non era destinata a sopravvivere?

Owen fu travolto dalla paura e desiderò avere qualcuno da poter chiamare, ma non aveva intenzione di lasciare Stasia da sola. Lei aveva bisogno di qualcuno che l'accompagnasse attraverso la muta fino alla sua forma animale, e quel qualcuno era lui.

Il suo piano restò quello almeno finché non sentì un vetro andare in frantumi in un'altra stanza facendo scattare l'allarme.

Il suo istinto aveva avuto ragione. Lei non era al sicuro.

Aveva ancora la pistola addosso e il suo lupo sotto la superficie, ma come poteva lasciare Stasia?

Una seconda finestra andò in frantumi in un'altra stanza. Significava che l'intruso non era solo. Probabilmente erano più di due. Se non si fosse allontanato per affrontarli, gli intrusi avrebbero potuto arrivare a lei. E Stasia era in uno stato di tale vulnerabilità da non poter reagire.

Non poteva lasciarla in quella stanza. Non era facilmente difendibile. Ed era il primo posto che quei criminali avrebbero controllato. Inoltre non voleva che rimanesse intrappolata nelle lenzuola mentre lottava contro il cambiamento. La sollevò dal letto e trasalì quando lei lanciò un grido di dolore.

Sarebbe stata bene. Non poteva essere altrimenti.

Il bagno aveva solo una piccola finestra verso l'esterno, in cui una persona non sarebbe riuscita a passare. Ciò significava che lei era intrappolata, ma avrebbero dovuto attraversare lui per arrivare a lei. La depositò nella vasca da bagno. Non era un posto sicuro, ma lì non c'erano ostacoli e comunque non aveva molta altra scelta.

Owen le diede un bacio sulla fronte, poi si allontanò e si diresse fuori per combattere chiunque stesse arrivando per prenderla. Non avrebbe avuto pietà; non potevano entrare nella casa della sua compagna e provare a rapirla o a farle del male. Sarebbe stato l'ultimo errore che avrebbero commesso.

Mentre il suo lupo non era stato di grande aiuto durante la perlustrazione della casa, ora era vicino alla superficie e a Owen sembrava di poter sentire tutto, annusare tutto, persino vedere tutto. Era tentato di trasformarsi completamente, ma aveva bisogno delle mani. Artigli e denti appuntiti avrebbero dovuto bastare.

Chiuse la porta del bagno e sperò che resistesse abbastanza a lungo. Poi lasciò la camera da letto.

Il primo aggressore era già arrivato nel corridoio fuori dalla stanza, e Owen gli saltò addosso senza esitazione. L'uomo non aveva una pistola, il che era un bene. Significava che probabilmente non era lì per uccidere, ma solo per rapire. Ma quello fu il suo errore. Aveva un taser, che avrebbe potuto essere sufficiente a rallentare Owen se lui non si fosse lanciato sull'uomo, cosa che per fortuna fece.

E lo liquidò in fretta, con denti, artigli e pugni. L'uomo crollò e a lui non importava se fosse vivo o morto. A giudicare dalla quantità di sangue non aveva molte speranze di sopravvivere.

Uno era andato, quanti ne mancavano?

Proseguì lungo il corridoio e seguì l'udito per

trovare il prossimo uomo. Quello aveva una pistola stordente e quasi toccò Owen, ma lui fu più veloce e stavolta estrasse la pistola e sparò due colpi, abbattendolo.

Due a terra.

Ce n'erano altri. Almeno quattro, se le orecchie non lo ingannavano, e dubitava che l'avrebbero fatto. Erano venuti in sei a prendere Stasia. Un'esagerazione? Se lo pensavano, si sbagliavano di grosso.

Ma l'arroganza del lupo di Owen lo fece quasi uccidere. Corse lungo il corridoio per affrontare il prossimo intruso, ma i quattro rimasti non agivano singolarmente. Erano raggruppati in una solida unità e a giudicare dal loro equipaggiamento erano più che in grado di avere ragione di un uomo solo, anche se ben addestrato come Owen.

Stasia urlò di nuovo. Owen voleva andare da lei. Aveva bisogno di aiuto. Aveva bisogno del suo compagno. Non avrebbe dovuto affrontare tutto da sola. Ma se fosse andato da lei, l'avrebbe condannata.

Controllò il caricatore della pistola e si mise al riparo, sperando di potere mandare a segno dei colpi fortunati ed eliminare gli aggressori.

Uno contro quattro era una disparità enorme, soprattutto perché indossava abiti civili e aveva un solo caricatore per la sua pistola.

Ma doveva vincere. Era l'unica opzione possibile.

Stasia gridò ancora.

"Che cos'ha che non va?" chiese la voce maschile di uno dei rapitori.

"Meglio non aver fatto tutto questo casino per una puttana morta," disse un altro di loro.

Owen ringhiò.

E poi percepì qualcosa in fondo alla sua coscienza, una consapevolezza che sentiva solo nelle notti di luna piena. Non era il suo lupo. Sembrava quasi quello di qualcun altro. Altre due persone.

La porta d'ingresso si spalancò e i quattro intrusi urlarono mentre una pioggia di proiettili li investiva. Il rumore fu abbastanza forte da coprire le urla di Stasia. Andre e Vega entrarono mentre i rapitori cercavano un riparo.

Andre trovò Owen rapidamente. "Vai da lei. Qua ci pensiamo noi."

"Come hai capito di dover venire a coprirmi le spalle?" Non c'era tempo per fermarsi a parlare, ma Owen doveva sapere.

"Ci ha mandati Gibson. Aveva un brutto presentimento."

Il maggiore aveva ragione. Owen non perse altro tempo a parlare. Corse su per le scale ed entrò in camera da letto, poi in bagno. Stasia stava ancora gridando e il suo corpo sembrava distrutto, preso tra la forma umana e qualcos'altro.

Lui non sapeva come avrebbe fatto a sopravvivere a quella muta, ma avrebbe venduto la sua anima per assicurarsi che ci riuscisse.

3²
CAPITOLO TRENTADUE

Stasia era dilaniata dal dolore. Urlava, ma la sua bocca non emetteva alcun suono. Avrebbe rinunciato a tutto pur di farla finita. Non sapeva che per una persona fosse possibile sentirsi così.

Era ancora viva? Morire non poteva essere così doloroso. O stava finendo in una specie di dannazione eterna dove sarebbe stata condannata a sentirsi così per sempre?

Non avrebbe mai immaginato che sarebbe finita così. Un fuoco la squarciava e l'avvolgeva e le rendeva impossibile pensare.

Ma tra un respiro e l'altro, ci riuscì. Un fremito la percorse e il suo corpo cambiò, le membra trovarono una nuova forma, la pelle si ricoprì di pelo e i suoi sensi si acuirono come mai prima di quel momento.

Stasia respirò profondamente e colse aromi che non credeva possibile esistessero.

Era sangue?

Riconosceva quell'odore, poteva essere umano o di lupo. Ed ecco cos'era diventata ormai, un lupo. Il morso aveva fatto effetto. Si era trasformata.

Non ebbe il tempo di fermarsi a pensare, fu sopraffatta dal bisogno di muoversi. Balzò in piedi e di rese conto di trovarsi nella vasca da bagno, con Owen proprio accanto a lei. Ma lui era in forma umana.

Fece un breve guaito e guardò il suo viso illuminarsi di gioia. Avrebbe voluto che anche lui si trasformasse per correre insieme, ma lui si limitò a passare le dita nella sua pelliccia, e disse qualcosa che lei non riuscì a capire. I suoi sensi si stavano accendendo tutti insieme ed era difficile dare un senso a *qualsiasi cosa*.

Uscì dalla vasca da bagno, e ci volle un po' di lavoro per capire come fare, poi corse in camera da letto ma quando cercò di uscire dalla stanza Owen non glielo permise. Lei gli ringhiò contro, pretendendo che si spostasse, ma lui disse di nuovo qualcosa e non si mosse.

Stasia corse in cerchio nella stanza fino a stordirsi. La camera era sembrata grande quando aveva comprato la casa ed era ancora grande per gli standard di New York, ma lei aveva a stento un po' di spazio per muoversi.

L'esplosione di energia si esaurì però quasi con la stessa velocità con cui si era manifestata e già dopo qualche minuto Stasia salì sul letto e crollò stancamente in un ammasso di pelo.

Non sapeva come fosse l'odore del sangue. Non sapeva perché Owen fosse così spaventato. Ma era troppo stanca per mettersi davvero a pensarci sopra a lungo, e il sonno l'assalì. L'ultima cosa che percepì fu il tocco di Owen che le lisciava il pelo con le dita.

Tornò alla sua forma umana in piena notte e si svegliò a letto, completamente nuda, ma sotto le lenzuola. Non vide Owen da nessuna parte ma sentì qualcuno muoversi per la casa. Un'occhiata all'orologio le rivelò che era molto, molto presto. Il sole stava appena facendo capolino attraverso le finestre, non ancora completamente sorto, e i normali rumori della città provenienti dall'esterno erano attutiti, come spesso accadeva nelle prime ore del mattino.

Stasia prese atto del suo corpo. Era un licantropo. Ricordava il dolore che aveva provato e la muta, ma mancava qualcosa. La sua mente era stata completamente concentrata su ciò che le stava succedendo ma aveva sentito un vuoto, qualcosa di indefinibile. Qualcosa che aveva a che fare con l'odore di sangue che permeava la sua casa.

Stirò i muscoli e cercò di capire se si sentisse molto diversa. C'era una nuova consapevolezza in fondo alla sua mente. Il suo lupo? Il branco? Forse.

Ma si sentiva ancora se stessa. Non come qualcuno destinato a trasformarsi in un mostro furioso e a scatenarsi attraverso la città in cerca di sangue fresco. Si sentiva semplicemente Stasia Nichols, medico e licantropo.

Il medico dei licantropi?

Forse anche quello. Ma era piuttosto sicura che chiunque le avrebbe dato almeno un giorno per pensarci su.

Stasia si rivestì e si diresse al piano di sotto. Il primo segnale di guai fu il sangue sulle pareti. E poi c'era il vetro rotto.

Era stata lei a fare tutto ciò? Non ricordava di essersi mossa. Ricordava che Owen le aveva impedito di uscire dopo la muta. Aveva dato in escandescenze per casa prima di trasformarsi?

Ma dopo qualche altro passo vide altro sangue e decisamente non era il suo. Se avesse perso tutto quel sangue se ne sarebbe accorta.

Dal fondo del corridoio arrivava una corrente d'aria e lei fece qualche altro passo verso la biblioteca prima che Owen le si parasse davanti sbarrandole la strada.

"Vieni. Dobbiamo prendere delle decisioni."

"Decisioni?" Non le piaceva come suonava la cosa. Voleva sapere cos'era successo. Ma Owen glielo avrebbe spiegato e per il momento doveva solo seguirlo.

Fu sorpresa di vedere Vega e Andre seduti a tavola nella sua cucina a mangiare il suo cibo. E improvvisamente si sentì affamata. Prima che Owen potesse dire qualcosa andò al frigorifero e cercò qualsiasi cosa potesse mettersi subito sotto i denti. Tre bastoncini di formaggio, fantastico. Era accettabile. Non avrebbero risolto un granché, ma erano già qualcosa.

"Preparale del cibo, ragazzo," disse Andre a Vega.

Il giovane licantropo balzò in piedi senza fare storie e cominciò a frugare nelle credenze con una dimestichezza quasi inquietante.

Stasia posò gli involucri dei bastoncini di formaggio e guardò gli altri due uomini. "Qualcuno vuole dirmi cosa sta succedendo? A parte il fatto che mi sono trasformata in un lupo."

Prima che uno di loro potesse rispondere, sentì un gemito di dolore provenire dall'altra stanza.

Girò la testa e guardando attraverso il vano della porta vide la sagoma di una persona legata seduta contro il muro. E non era sola.

"Sarà meglio che qualcuno cominci a parlare."

"Siamo stati attaccati ieri sera," disse Owen. "Sono venuti in sei per prenderti. Armati con pistole stordenti. Gibson ha mandato Vega e Andre a coprirci e li abbiamo respinti. Sono legati lì dentro. Ho pensato che avresti voluto decidere cosa fare con loro."

Sei uomini. Suo padre aveva detto che avrebbe dovuto essere al sicuro. Suo fratello aveva detto la stessa cosa. Doveva essere al sicuro. Allora come avevano fatto sei uomini a irrompere in casa sua, provocare una montagna di danni e quasi ucciderla, tutto senza la protezione che suo padre e suo fratello avrebbero dovuto garantirle?

AR le aveva mentito? L'aveva usata come esca? O si era semplicemente sbagliato?

Erano da poco passate le cinque del mattino ed era troppo presto per cercare di rispondere a quelle domande, ma lei non poteva ignorarle.

Owen le passò un braccio intorno alle spalle e lei si appoggiò alla sua forza. Un attimo più tardi Vega le mise davanti un grande piatto di uova.

Lo stomaco brontolò ancora, e prima di poter prendere una decisione aveva bisogno di mangiare.

E così fece. Non ci volle molto. Poi Vega le mise davanti altro cibo e lei mangiò ancora.

Dopo aver finito spinse via il secondo piatto. "È così che cambierà il mio appetito?" Le piaceva mangiare, ma in quantità normali. Non mezza dozzina di uova alla volta. Erano solo sei? Aveva la sensazione che Vega ne avesse preparate anche di più.

"Il tuo corpo ha bruciato un sacco di calorie ieri sera," disse Andre. "Quando ci siamo trasformati abbiamo mangiato tutti come maiali per circa una settimana, ma poi la situazione si è normalizzata. Certo avrai bisogno di mangiare molto. Da tremila a cinquemila chilocalorie al giorno, o giù di lì. Ma non così tante da sembrare un'assurdità. Non stiamo parlando del consumo di un atleta olimpionico."

Era probabilmente il doppio di quello che aveva mangiato normalmente fino a quel giorno, ma Stasia se ne sarebbe occupata quando fosse arrivato il momento. Vega le mise davanti altro cibo e lei continuò a mangiare.

Ma finalmente, dopo aver buttato giù dodici uova insieme a un paio di pezzi di pane tostato e, fortunatamente, circa tre litri di caffè, poté cominciare a pensare agli uomini che l'avevano presa di mira e a ciò che bisognava fare.

"Mio fratello," decise. La polizia era inutile. E avrebbe fatto domande a cui Stasia non voleva rispondere. Inoltre, se quegli uomini erano stati ingaggiati da qualcuno di potente, sarebbero tornati immediatamente in circolazione. AR si sarebbe assicurato che pagassero per quello che avevano cercato di fare.

Si sentiva più vendicativa di quanto fosse normalmente e si chiese se ciò facesse parte dell'essere un licantropo, ma forse era solo parte dell'essere una Selby.

"Sei sicura?" chiese Owen. "Sei sicura di poterti fidare della tua famiglia?"

"Non del tutto, ma abbastanza," rispose lei. Erano rapporti di gran lunga troppo complicati per potersi affidare alla sola fiducia. AR l'avrebbe venduta per l'occasione giusta? Probabile. L'avrebbe fregata se fosse stato necessario? Assolutamente sì. Avrebbe fatto qualcosa che le facesse rischiare di essere uccisa? Probabilmente no. E l'avrebbe fatta pagare a qualcuno che le avesse fatto de male? Sì.

"Potete concederci un minuto?" chiese Owen agli altri due, ed entrambi se ne andarono.

Aspettò per un po', probabilmente per essere certo che fossero abbastanza lontani da non sentire quello che stava per dire.

"Cosa c'è?" chiese Stasia. Owen sembrava turbato e non le piaceva quell'espressione sul suo viso.

"C'è una cosa che non ti ho detto. Non l'ho detta a nessuno." Le sue parole erano poco più di un sussurro e lui continuava a guardare fuori dalla porta della cucina come se si aspettasse di veder rientrare Vega o Andre da un momento all'altro.

"Pensavo che avessimo deciso di non avere più segreti." Stasia si sarebbe arrabbiata, ma di quel segreto stava parlando ora, e sembrava essere una cosa grossa.

"Non si tratta di questo," le assicurò. "O forse sì. Avevo solo bisogno di tempo per pensarci. Credo che uno degli uomini che lavorava nella tua squadra di sorveglianza fosse presente la notte in cui il rituale è stato eseguito su tutti noi. Non ne sono assolutamente certo, ma i volti di quegli uomini sono scolpiti nella mia memoria. Potrebbe essere una coincidenza. Potrebbe essere stato un lavoro come un altro e la tua famiglia non lo sa. Ma prima di consegnare loro qualcuno voglio che tu lo capisca."

Quindi suo padre poteva aver assunto un uomo che si occupava di riti occulti e del rapimento di ufficiali dell'esercito da una base militare statunitense in Germania. Sembrava possibile. Ma significava forse che lui avesse qualcosa a che fare con tutto ciò?

"La mia famiglia è molto..." Non sapeva come spiegarlo. "Mio padre non crede nella magia. E nemmeno mio fratello. Non sto dicendo che quel tizio non fosse lì. Ma ho difficoltà a credere che abbiano qualcosa a che vedere con quello che è successo a te e ai tuoi compagni. In ogni caso dobbiamo assolutamente dirlo a Gibson."

Owen era d'accordo, e confermò con un cenno di assenso. "E gli uomini lì fuori?"

"Li affidiamo comunque a mio padre. Si prenderà cura di loro."

"Sai cosa significa in questo caso che si prenderà cura di loro, vero?"

In lei c'era una parte feroce che avrebbe voluto sorridere, ma Stasia si trattenne. Aveva preso la sua decisione, non c'era bisogno di compiacersi. "Assolutamente sì. Forse avrebbero dovuto pensarci due volte prima di attaccarmi."

33
CAPITOLO TRENTATRÉ

G IBSON NON ERA IN CITTÀ. O WEN NE ERA PIUTTOSTO contento. Significava che avrebbe potuto portare Stasia alla fattoria fuori città e mostrarle dove avrebbero corso nella loro forma animale ogni volta che ne avevano voglia.

Ci era voluto un po' di tempo perché una squadra di uomini di Armand Selby venisse a prendere i potenziali rapitori, ma una volta che se ne furono andati lui e Stasia partirono per la Pennsylvania.

Lei sembrava piena di energia nervosa e Owen cercò di tornare con la memoria al giorno dopo la sua prima muta. Il mondo intero gli era sembrato nuovo e diverso, pieno di opportunità che non si sarebbe mai aspettato.

Allungò una mano a prendere quella di Stasia e le diede una stretta. Non aveva parole rassicuranti da offrirle. Non poteva dirle che sarebbe andato tutto bene finché fossero stati insieme, anche se in un certo senso ci credeva. Il mondo stava cambiando intorno a loro. Loro stessi stavano cambiando. Ma forse andava bene così.

"Pensi che si arrabbierà?" chiese Stasia, toccando un nervo scoperto visto che Owen stava cercando già da un po' di evitare di porsi quella domanda.

"Non è il genere di persona che si arrabbia. Rimarrà deluso." Gibson non era bravo a nascondere la delusione come lo era la madre di Owen, ma gli riusciva comunque dannatamente bene. E a proposito di sua madre, Owen si chiese se dovesse prepararsi a presentarle Stasia. Tenne quel pensiero per sé. Se ne sarebbero occupati più avanti.

Giunsero alla fattoria dopo circa due ore di viaggio. La macchina di Gibson era parcheggiata in garage. Non c'era nessun altro, e Owen ne fu felice.

Non voleva vedere le occhiate ostili dei suoi compagni di branco quando avessero scoperto che aveva nascosto loro quelle informazioni. Ma l'aveva fatto davvero? Cosa avrebbe potuto dire? Sapeva che aspetto avevano alcuni dei loro rapitori? Era altrettanto possibile che lo sapessero anche tutti gli altri. Lui aveva solo più informazioni.

"Ti sosterrò se vuoi scappare," si offrì Stasia con un sorriso gentile.

"Ti amo." Le parole gli sfuggirono senza un pensiero, ma erano vere, era quella la realtà. Lei era lì con lui nonostante avesse attraversato una delle esperienze più traumatiche che una persona potesse sperimentare. Una per cui non erano assolutamente preparati. Eppure era lei a confortarlo.

Stasia sorrise e sollevò le loro mani allacciate per baciare il dorso di quella di lui. "Facciamo questa cosa."

Andava bene che lei non avesse risposto. Era ancora tutto nuovo. Troppo nuovo. La gente in passato aveva definito Owen un impulsivo, ma quell'ammissione era stata impulsiva persino per lui. Non gli importava. Sapeva che Stasia era la donna giusta per lui e non c'era motivo di nasconderlo.

Inoltre lei stessa si era già definita sua compagna. Doveva pur significare qualcosa.

Si diressero all'interno dell'abitazione e Owen trovò Gibson nel suo ufficio. Non fu sorpreso di vedere Owen e Stasia; sapeva che sarebbero venuti.

"Sembra che tu stia bene," disse a Stasia, squadrandola da capo a piedi come per verificare se fosse visibile qualcuno dei suoi tratti da lupo attraverso la pelle umana. Gibson sapeva come funzionava, almeno quanto lo sapevano gli altri, ma Stasia era la prima nuova aggiunta al loro branco, la prima trasformata attraverso un morso e non con un rituale. Avrebbero dovuto verificare se ciò potesse cambiare le cose.

"Sto bene," concordò Stasia. "Non ben riposata, ma non ritengo probabile perdere il controllo del mio lupo e andare a terrorizzare la città."

Gibson si mise a ridere. "Se vuoi correre, sei la benvenuta. Abbiamo molta terra qui, e i vicini non sono dei ficcanaso."

Era la pura verità, e Owen non vedeva l'ora che arrivasse il giorno in cui avrebbe potuto correre nella sua seconda pelle con Stasia al suo fianco. Lei avrebbe avuto voglia di andarci quel giorno? Immaginò che tutto dipendesse dalla reazione di Gibson a ciò che stava per raccontargli.

"Non siamo venuti qui a causa della muta di Stasia," disse Owen mentre si sedeva. Stasia prese posto sulla sedia accanto a lui.

"Davvero?" chiese Gibson. "Allora perché siete qui?"

Non aveva senso perdere tempo. "Si tratta di quello che è successo in Germania."

Il maggiore sembrava confuso. "Lo so cos'è successo in Germania. C'ero anch'io. A meno che tu non mi abbia nascosto qualcosa."

Owen sussultò. Gli aveva *davvero* nascosto qualcosa. "Ricordo i volti di alcuni degli uomini che ci hanno rapito. O almeno di quelli che che ci trattenevano prima che iniziasse il rituale. E qualche giorno fa, sono quasi certo di aver visto uno di loro fra i membri della squadra di sorveglianza assunti dal fratello di Stasia. Il suo nome è Russ Hill e io ho visto i fascicoli personali di tutti i membri, ma non c'era alcun riferimento a un viaggio in Germania. Doveva essere semplice personale di scorta. Ma io penso che fosse là." Più Owen parlava, più ne era certo.

Russ Hill era sul posto quella notte nella Foresta Nera. Impugnava una pistola e se ne stava ai margini, determinato a tenere Owen e i compagni all'interno del cerchio magico. Lui non sapeva perché Hill fosse stato là o se sapesse qualcosa di licantropi e magia, ma quella era la prima vera pista che avevano sulle persone che avevano fatto loro del male.

Gibson non sembrava scioccato. Non sembrava nemmeno sorpreso. "Russ Hill," ripeté, pronunciando il nome lentamente. "Non posso dire di averne sentito parlare. Hai ancora il fascicolo personale?"

Owen tirò fuori il telefono e cercò le informazioni per poi inviarle per e-mail a Gibson. Il maggiore aprì il messaggio sul suo computer e diede un'occhiata. C'erano una foto di Hill scattata dal Selby Group e un'altra immagine che avrebbe potuto essere stata scaricata dal profilo personale su qualche social media. Non sorrideva e indossava abiti civili dall'aspetto impersonale. Avrebbe potuto essere chiunque. Solo guardando le foto Owen non l'avrebbe riconosciuto. Ma quando l'aveva visto di persona si era ricordato.

"È questo il tizio?" chiese Gibson.

"In foto non si vede bene, ma è lui ed era là." L'odore delle torce accese solleticò il naso di Owen in un flash-back che minacciava di travolgerlo. Stasia allungò una mano ad afferrare la sua, trattenendolo nel presente.

"Non sei l'unico che ha riconosciuto qualcuno presente quella notte," ammise Gibson. "E io ho ancora degli amici in Germania che potrebbero essere in grado di indagare su alcune cose. Credo che abbiamo aspettato fin troppo a lungo per capire cosa ci è successo. Ora stiamo bene, e il nostro branco sta crescendo. Dobbiamo scoprire chi siamo, cosa siamo. Non possiamo più restare passivi a convivere con questa situazione. Questo cambierà le cose. Potremmo sollevare un vespaio, siete pronti?" Gibson non guardò Owen nel fare quella domanda, era rivolto a Stasia. Lei era il membro più recente del loro branco ed era sua la vita che veniva sconvolta maggiormente, in quel momento.

Ma Stasia sorrise. "Immagino che questo renderà la mia vita in qualità di vostro medico più interessante."

34
CAPITOLO TRENTAQUATTRO

La notizia che Owen aveva dato a Gibson non provocò reazioni esagerate. Di fatto, le cose cominciarono a calmarsi nelle due settimane successive. Non ci furono più tentativi di rapire Stasia e lei e Owen si assestarono in qualcosa di nuovo e rassicurante.

E meraviglioso.

Lui aveva cominciato a portare un po' delle sue cose a casa di lei. Lentamente all'inizio, ma poi improvvisamente lei si accorse che le aveva occupato metà dell'armadio. Alla fine Stasia gli chiese quando avrebbe potuto aspettarsi il pagamento dell'affitto, ma Owen si limitò a ridere e si offrì di pagare con favori sessuali.

Era diventato tutto semplice, e divertente, e liberatorio.

Stasia si stava adattando alla sua vita da licantropo e aveva già in programma di iniziare a esplorare i limiti di ciò che la sua presenza significava nel branco. Ormai era il loro medico e anche se non si mettevano in guai che richiedevano la sua attenzione ogni settimana, lei aveva abilità più significative rispetto alla semplice sutura di ferite.

Lei ed Em erano riuscite a ritagliarsi un'ultima cena prima che sua sorella partisse per il tour, ed Em aveva passato solo metà della serata a tormentarla con domande sulla licantropia. Durante l'altra metà si era lamentata dei problemi con la sua scorta personale e Stasia aveva una mezza idea che la sorella avrebbe finito per chiedere a uno del branco di andare ad aiutarla prima che il tour si concludesse.

E finalmente arrivò anche il momento della festa di compleanno della piccola Emmy. Stasia aveva provato ad evitarla con ogni scusa possibile, ma la sua famiglia aveva insistito e sarebbe stata un'opportunità perfetta per presentare a tutti con orgoglio il suo compagno.

Sperava solo che AR non le rinfacciasse di essere stato tecnicamente lui il motivo grazie al quale lei e Owen si erano conosciuti. Sarebbe stato assolutamente insopportabile.

"Sei sicura che non sarà imbarazzante?" chiese Owen mentre fermava la macchina nel parcheggio privato della proprietà del padre di lei.

Stasia fece una smorfia. "Sì, sarà imbarazzante. Loro sono sempre imbarazzanti. Ma tu sei un licantropo. Sai gestire l'imbarazzo." Gli si avvicinò e gli diede un bacio sulla guancia. "E se ti comporti bene, farò in modo che ne sia valsa la pena."

"Davvero? Come?" Il colore dei suoi occhi diventò di quel giallo da lupo con cui lei stava familiarizzando, prima di tornare rapidamente al castano umano. Owen stava lavorando sodo per tenere sotto controllo il suo lupo, e stava migliorando. Disse che ora che il lupo l'aveva rivendicata come sua compagna, era felice di collaborare e lasciare che l'uomo prendesse la maggior parte delle decisioni.

"Stavo pensando che più tardi potremmo andare a correre."

"È come se mi avessi letto nel pensiero." Stasia non si riferiva al tipo di corsa da essere umano. No, sarebbe stata la corsa che si faceva su quattro zampe. Ma prima dovevano sottoporsi al fuoco di fila della famiglia.

Le prime persone in cui si imbatterono furono la tredicenne Heidi e la quindicenne Ally, le due ragazze impegnate in una specie di gioco vicino all'ingresso dell'attico. Tabitha, la sorella più vicina a lei per età, era in cucina a bere vino con AR e Ethan, suo fratello ventiduenne. Thomas non c'era, dato che era all'università in Europa e a quanto pareva quella era una scusa sufficiente per declinare l'invito. Non c'era neanche Selby, l'unico altro fratello più grande di Stasia. Ma lui non veniva agli eventi di famiglia, essendo il figlio illegittimo non proprio segreto di suo padre.

Stasia vedeva Owen ripetere i nomi di tutti man mano che li incontrava, e aveva la sensazione che stesse studiando.

Riley e sua figlia Emmy erano sedute in soggiorno con il padre di Stasia, circondate da quelle che dovevano essere centinaia di regali. La quattrenne sembrava sul punto di mettersi a piangere. Riley aveva negli occhi uno sguardo assente che la faceva apparire più vecchia dei suoi ventitré anni, e Armand Selby era il ritratto del padre premuroso.

Stasia aveva già visto quello sguardo in passato, negli occhi della precedente matrigna. Il divorzio era dietro l'angolo. Sperava solo che Riley potesse permettersi un buon avvocato.

Stasia strinse forte la mano di Owen e lo presentò a lei e a suo padre, e si mostrò abbastanza di buon umore da abbracciare persino la piccola Emmy.

C'era da bere e da mangiare a sufficienza da sfamare un esercito. Nel complesso la festa era deprimente, anche se migliorò quando alcuni compagni della scuola materna di Emmy si presentarono con le loro madri al seguito.

"E questo chi è?" le chiese Tabitha quando Stasia e Owen tornarono in cucina per nascondersi vicino al cibo e alle bevande.

Il tono di sua sorella non le piacque. Lei e Tabitha non erano mai andate molto d'accordo. Suo padre aveva scaricato la madre di Stasia per la madre di Tabitha e Stasia all'epoca non aveva ancora capito che quello sarebbe diventato un comportamento abituale da parte di Armand Selby. Quando se ne rese conto il risentimento aveva già preso il sopravvento e lei e Tabitha non si erano mai avvicinate.

"L'esecutore di una cosca mafiosa, che ne dici?" Con chiunque altro Stasia avrebbe probabilmente avuto una conversazione normale. O almeno normale quanto poteva esserlo una conversazione con uno qualunque dei suoi fratellastri eccetto lei.

"Non hai avuto altri problemi, vero?" AR si avvicinò e strinse la mano di Owen. "Pensavo che l'incarico fosse terminato."

"Al momento ci stiamo frequentando," disse Stasia ai suoi fratelli.

"E l'hai portato qui? Dev'essere una cosa seria." Quella considerazione arrivò da Tabitha.

"Lo è. E con questo credo che abbiamo fatto il nostro dovere. Owen e io stiamo per tagliare la corda."

"A papà non piacerà," la avvertì Tabitha. Accanto a lei AR mostrò di essere d'accordo con un cenno di assenso.

"A papà non piace niente. E non se ne accorgerà nemmeno." Aveva salutato, aveva fatto il suo dovere. Non c'era altro di cui preoccuparsi.

Tabitha scrollò le spalle. "Ci vediamo al matrimonio."

"Che matrimonio?" Si era persa qualcosa?

Quella risposta fece ridere Tabitha di gusto. "Il tuo. Ovviamente."

Stasia spalancò gli occhi e non seppe come reagire.

Poteva gestire il fatto di essere un licantropo.

Poteva gestire anche il fatto di essere la compagna di Owen.

Ma una sposa? Quella era un'esagerazione.

Owen le posò una mano sulla schiena e la condusse fuori dall'attico. Riuscirono ad arrivare all'ascensore prima che lui scoppiasse a ridere.

"Cosa?"

"Non è stato affatto terribile come pensavo," riuscì a dire lui respirando a fatica tra le risate.

"È stato peggio, vero?" Doveva essere stato peggio. Stasia sentiva il bisogno di fare una doccia solo per togliersi di dosso l'imbarazzo.

"Siamo sopravvissuti."

L'ascensore contò i piani mentre scendevano verso il parcheggio, e proprio quando stavano per arrivare al loro piano Stasia passò un braccio intorno a Owen e si appoggiò a lui. "Ti amo."

Owen sorrise e la baciò.

35
CAPITOLO TRENTACINQUE

Corsero, da lupi, per ore. Non era la prima corsa per Stasia, ma ogni volta che le sue zampe toccavano il morbido sottobosco era una sensazione nuova. Gli odori le vorticavano intorno e la notte vibrava di vita e di promesse.

Owen correva, lei lo inseguiva. E quando lei lo superava era lui a inseguirla, uggiolando e saltandole addosso, determinato a vincere in quel gioco senza regole né sconfitti. Ma alla fine la corsa doveva giungere al termine. Una dolce tentazione la invitò a restare a quattro zampe e a dimenticare la sua vecchia vita.

Ma quella tentazione era debole, in confronto al pensiero di svegliarsi accanto a Owen in forma umana.

Tornarono alla fattoria, affrontarono di nuovo la muta, si lavarono e mangiarono. La licantropia bruciava moltissime calorie, e Stasia mangiava molto più di quanto avesse mai fatto in vita sua. Eppure non era mai completamente sazia.

La vita da mutaforma aveva i suoi vantaggi.

Aveva fatto grandi progetti per sé e il suo compagno a seguito della festa di compleanno di Emmy, ma dopo la corsa e a stomaco pieno tutto ciò che voleva fare era raggomitolarsi e dormire per una settimana. E a giudicare dal modo in cui le palpebre di Owen si abbassavano, era esausto anche lui.

Finirono accoccolati insieme in uno dei letti della stanza in cui alloggiavano. Lo spazio era ristretto ma Stasia non dormiva separata dal suo uomo se non era costretta.

"Mi sono divertita," mormorò, vacillando tra sonno e veglia.

"Non è andata così male," concordò Owen.

"Aspetta. Cosa? Cosa non è andata così male?" Lei sentiva ancora il profumo del verde nell'aria della sera e il suo corpo vibrava della piena eccitazione della corsa. Non c'era *niente* di brutto in tutto ciò.

"La festa." Owen si girò un po', attirandola più vicino a sé. "La tua famiglia è stata carina."

"Carina?" Stava chiaramente delirando. "Sono stati educati, tutt'al più. Ancora non capisco perché dovevamo necessariamente esserci." La cosa faceva di lei una cattiva sorella? Forse. Ma era piuttosto sicura che la piccola Emmy non avesse idea di chi lei fosse.

"Sono la tua famiglia." Owen lo disse come se quella constatazione spiegasse tutto. "Non vedo l'ora che tu conosca la mia."

"Cosa? Quando?" Già, quella era una cosa che le coppie facevano. Stasia lo sapeva. Ma non era una notizia con cui Owen potesse semplicemente *travolgerla* così di punto in bianco. "Quando, Owen?" chiese ancora, visto che lui non rispondeva. Ma era scivolato nel sonno e nessuna delle sue sollecitazioni riuscì a svegliarlo.

Fortunatamente anche la stanchezza di Stasia era troppo intensa perché quel panico momentaneo avesse la meglio, e di lì a poco lei seguì il suo compagno nel sonno.

La risvegliò una serie di baci che lui le stava dando sul ventre, e Stasia si stiracchiò tra le carezze di Owen. Il suo compagno sapeva *esattamente* come svegliarla, e lei lo adorava. Non era mai stata più sazia, più in sintonia con un'altra persona. Non sapeva perché avesse avuto la benedizione di conoscere Owen, ma non aveva intenzione di darlo per scontato.

Mai.

Si inarcò quando la lingua di lui trovò la sua essenza e ci si immerse, risvegliandola al piacere e lasciando che i suoi neuroni vi divampassero. Lei gemette e pronunciò parole che a un certo punto probabilmente avrebbe voluto rimangiarsi, sconce promesse che non sarebbe mai stata in grado di mantenere.

O forse sì. Con Owen, le possibilità erano infinite.

Si lasciò sfuggire un'imprecazione quando il suo compagno fece qualcosa di particolarmente audace che le fece rovesciare gli occhi nelle orbite. "Dio, sì." Aveva bisogno che lui non si fermasse mai, mai più.

Le sensazioni la travolsero e Stasia vi si arrese. In un altro momento lei avrebbe potuto provare imbarazzo per l'intensità di quelle sensazioni, ma Owen le regalava la libertà di sperimentare qualsiasi cosa senza vergogna.

Lui sapeva cosa lei volesse, e desiderava darglielo. *Voleva* che lei si contorcesse di piacere sopra di lui, o sotto, o accanto a lui. Qualsiasi configurazione, purché fossero loro due, insieme. Era il suo partner in ogni senso, il suo compagno.

Lei credeva nel destino?

In quel momento Stasia non poteva concentrarsi sul credere in niente oltre alla lingua di Owen, ma vista l'intensità di ciò che stava provando era impossibile pensare che tutto ciò non fosse già stato scritto e inevitabile. Non c'era alcuna possibilità di sentire così tanto, amare così tanto, provare un bisogno così profondo senza che qualche potere cosmico stesse dirigendo il gioco, nascosto da qualche parte.

O forse era tutto solo il frutto di un'elaborata fantasia. Mentre un'altra ondata di piacere la travolgeva, Stasia non riusciva ad aggrapparsi a nessun pensiero logico.

E poi Owen si ritrasse, e lei desiderò gridare la sua protesta. Cosa pensava di fare? Aveva troppo bisogno di lui.

"Ora." Fu tutto quello che riuscì a dire.

Ma Owen sapeva cosa intendesse, e guidò se stesso alla sua apertura, facendosi strada dentro di lei e riempiendola, come era nato per fare.

Lei si allungò ad afferrare la sua mano, intrecciando le proprie dita alle sue mentre lui si immergeva in lei e i loro corpi si muovevano insieme come una cosa sola.

Gli occhi di Owen diventarono gialli come quelli del suo lupo, e sebbene Stasia non potesse percepirlo, era certa che i propri stessero facendo altrettanto. I denti le dolevano e il suo lupo stava salendo in superficie, non abbastanza per farla trasformare, non senza il suo controllo, ma rendendola consapevole della sua presenza.

Owen mise a nudo il collo e Stasia si sollevò, mordendolo come aveva fatto lui nel marchiarla, rivendicandolo come suo compagno alla maniera dei lupi.

Era la cosa più naturale del mondo tenerlo stretto a sé in quel modo, per fondersi in un corpo solo.

Qualcosa mise radici dentro di lei, nel profondo, una certezza su Owen che andava oltre lo spirituale. Compagno. Amante. Protettore. Lui era tutte quelle cose per lei, e anche di più.

Per sempre.

Venne con un sussulto quando Owen si svuotò dentro di lei, confermando la certezza della loro connessione. Non ebbe il tempo di riprendere fiato prima che lui catturasse la sua bocca con la propria in un bacio bruciante.

Era travolgente, e perfetto, e lei avrebbe voluto fermare quel momento per sempre.

Si rilassarono dopo qualche altro bacio febbrile, ma non riuscivano a smettere di toccarsi.

"Cosa pensi che dovremmo fare domani? "chiese Owen mentre la accarezzava tracciando cerchi con un dito sulla pelle morbida di lei.

Stasia sorrise. "Ancora questo. Solo noi due."

Owen ridacchiò. "Qualcuno prima o poi ci cercherà."

"Finché siamo insieme, sono felice." E lei lo era. Forse per la prima volta nella sua vita era realmente, profondamente felice, e finché avesse avuto Owen questo non sarebbe cambiato.

Grazie per aver letto Stagione di Caccia!

Se ti è piaciuta questa lettura, per favore considera l'idea di lasciare una recensione.

La serie *Lo Sguardo del Lupo* continuerà con *In Agguato*.

Ti piacerebbe leggere altri romance di Kate Rudolph? Iscriviti alla mia newsletter per avere notizie sulle nuove uscite, le offerte e molto altro!
Link: https://katerudolph.net/index.php/libri-in-italiano/

Esplora altri romance con mutaforma con la serie *L'Alfa derubato*:
Il Colpo
Nella Rete della Ladra
Nel Letto dell'Alfa

PROSSIME LETTURE

PROSSIME LETTURE

Il Colpo

L'Alfa non cede ciò che è suo...

Nessuno ruba a Luke Torres. La sua fortezza è leggendaria e il suo branco di leoni è letale, pronto ad affrontare qualsiasi minaccia. Quando Luke conosce Mel, lei lo lascia senza fiato con un bacio rovente, ma quando si incontrano di nuovo si ritrovano carceriere e prigioniera in un micidiale scontro felino contro felino.

La ladra è all'altezza del compito...

Dal primo momento in cui Mel accetta l'incarico, sa che portarlo a termine è praticamente impossibile. Ma per la ladra più scaltra del mondo soprannaturale, una missione impossibile è una sfida irresistibile. Specialmente se la ricompensa per il lavoro svolta può portarla un passo più vicino alla vendetta. Quando le cose prendono una brutta piega, Mel si ritrova nella tana del leone ad affrontare l'uomo più attraente che abbia mai incontrato.

Un alfa, una ladra e l'avventura di una vita.

Leggilo ora!

L'alfa derubato

La ladra prende quello che vuole, ma l'alfa non cede ciò che è suo...

Segui la ladra mutaforma Mel mentre si scontra con il leone alfa Luke in una trilogia esplosiva dove i due opposti non possono stare lontani l'uno dall'altra.

Il Colpo

Nella Rete della Ladra

Nel Letto dell'Alfa

Scopri di più di Kate Rudolph su www.katerudolph.net

ALTRI TITOLI DELLA STESSA AUTRICE

Lo Sguardo del Lupo

Lupo mutaforma. Guardia del corpo. Compagno.

Le origini di questi mutaforma sono avvolte nel mistero, ma loro sono determinati a proteggere le loro compagne da chiunque minacci di far loro del male.

Stagione di Caccia

In Agguato(in arrivo nell'estate 2022)

Scontro di Magia(in arrivo nell'autunno 2022)

A PROPOSITO DI KATE RUDOLPH

Kate Rudolph vive in Indiana, ed è una scrittrice di paranormal e sci-fi romance. I personaggi di cui adora scrivere sono eroine forti e toste, e uomini attraenti che se ne innamorano. Divora romanzi d'amore da quando era troppo giovane per leggerli e doveva nasconderli per evitare che qualcuno glieli portasse via. Non potrebbe immaginare un lavoro migliore al mondo che scrivere storie d'amore e condividerle con i suoi affezionati lettori.

Se ti è piaciuta questa lettura, per favore considera l'idea di lasciare una recensione.